冯杰 著

鲤鱼拐弯儿

河南文艺出版社
·郑州·

冯杰

诗人、作家、文人画家。著有散文集《丈量黑夜的方式》《泥花散帖》《捻字为香》《一个人的私家菜》《田园书》《猪身上的一条公路》《马厩的午夜》《说食画》《九片之瓦》《独味志》《水墨菜单》《画句子》《北中原》《非尔雅》《唐轮台》、书画集《野狐禅》等。曾获《联合报》文学奖、《中国时报》文学奖、梁实秋文学奖、台北文学奖、屈原诗奖、林语堂文学奖等。文坛称其为「在台湾出版最多散文集的大陆作家」「获得台湾文学奖最多的大陆作家」。

第一辑 上段

風物

目录 01

登塔看黄河
——纪念一座倒塌的铁塔 2

黄河草木说 7

两岸要饭记 15

二大爷常用语汇释选 21

附：乡瓜故事和语言的铲子 34

栽树篇 36

砒霜的极简演义
——乡村读毒录 41

乡村教堂的梆子 51

看桥 56

第二辑　中段

世相

手温和匠心　62

后石器年代　78

鲤鱼和少年　83

黄鼬的嘹亮　88

它们说　96

日常携带　111

气息　120

荤食　127

十二匹老虎在耳语　133

附：老虎十二图说　147

三十六鳞堂　154

第三辑 下段

地域

目录 03

黄河鲤鱼经验谈 156

鲤鱼树
——飘摇的传说 166

羊肉烩面
——仿博尔赫斯 169

芫荽田的故事 172

异食记 173

一堆素材的牛杂碎 176

北中原民间环保手记全编 188

黄河琐碎录 217

二十四条乡村指南 230

心渡 234

第一辑　上段

風物

登塔看黄河

——纪念一座倒塌的铁塔

上

它的形状有点像母亲让吃的打蛔虫的宝塔糖。

一座铁塔矗立在黄河大堤西坡边上，东面临着大堤下一条黄河的分支，是天然文岩渠。逃学时每次上下坡都要路过铁塔。除了堤上高大的杨柳，铁塔几乎成为小镇的一个地标。问路人会交代：从堤东到堤西，过了塔就是孟岗镇。

铁塔有百十米之高，塔顶入云。斑鸠只好从铁塔胸部飞过。

每次偷偷游泳，来去要越大堤过铁塔。当时说谁谁有种、谁谁没种标准有一条，看他敢不敢登上铁塔。"有种"就是勇敢。

有一次游泳时暴雨骤降，急忙往家跑，忽然，看到洁白的闪电在铁塔顶上缠绕。像凌乱的银色绳子要捆绑铁塔，铁塔在闪电里挣扎。

铁塔不是砖木结构，是铁架建筑。外观简单明了，塔共十二层，每层由几何铁架支撑，一条边上有向上攀登的铁扶手。铁塔最上面有"大盘""小盘"，一般登塔者多登到大盘就算登上，极致的标准是：登到小盘才算有种。

大盘上有木板，可站可坐，小盘上则是简单铁架子，更危险。

我多是登上第一层转圈，有时被下面不怀好意的鼓动者引诱，还敢跳下来。再往上顶多登到二层，不敢跳了，只好仰望着登上塔顶的那些有种者。他们得意时往下吐唾沫，溅起下面一片叫骂。实际唾沫飘到下面早风吹云散。小四说，他登上时还站在上面往下尿了一泡。

有次无意说到铁塔，母亲发出警告：不要登塔。某某村小孩登塔从上面掉下摔"残坏"了。既然登塔没一点好处，为啥国家还要立一座犯错误的铁塔？父亲解释说是"修防段"观察黄河的一个测量台，预测黄河水位升降，属于水文标志。

一条蜿蜒的黄河大堤上不止这一座铁塔，每隔五十里左右都有一座铁塔。我后来会骑自行车时，还专门骑车去寻找下游的另一座铁塔。

勇敢的孩子都要登塔。登塔行为是童年到少年成长史的一道"分水岭"。必须要登塔。曾经登上铁塔的小四给我传授经验，登塔时只管看天上，千万不要往下看地，一看会头晕，一头晕双腿会发抖。

持有登塔"秘诀"，有一天要登塔，我开始一层一层攀登，手心出汗，在空中忍不住往下偷瞄一眼，地下行人小如猫狗，小如金龟子。

终于爬到铁塔大盘上面。那大地像葵盘，大堤四周景色尽收眼底。

站在铁塔高处，我看到十里外悬浮在空中的黄河幻化成一道白光，横在远方，像大片绿色上抹一道白，像飞机掠过后那一道长长烟痕，白烟让童年升起无限想象。我用这种形式最早看到了黄河，空中之河，挂在额头。后来地理老师讲到"悬河"时，我立即想到登塔。

那些年塔基尚牢固。小镇增加了丰富性。小镇除了大堤，还有大堤上的铁塔，有塔上河流和河流上的远方。

下

铁塔的故事在小镇不断丰富增加。塔上出过几个故事。可谓借塔还魂。

一位是情感人物，前街一个年轻姑娘失恋了，从塔上飘然而下。一位是集上的傻子，不明就里地登上铁塔大盘，被人在下面用一个馒头哄下来了。一位是欠账者，登上铁塔，然后纵身一跃，账一下子就全部结清了。

后来从大堤开车路过，看到铁塔下面的三层早已空空荡荡，风吹雨淋，残留的三角铁撑不再完整，上面铁锈斑斑，最高的小盘顶上筑满鸟巢，好高骛远。我推测现在的孩子早已不流行登塔游戏。电脑里铁臂阿童木的游戏更吸引人。

四十多年里惦记着有这么一座铁塔。塔影在雾中隐隐约约出现。一次在郑州坐车，开车师傅竟是孟岗的，闲聊时问他记得那座铁塔不，他转头问："这塔你也知道？"

"我还登上过。"

"它早零散啦。"

一部铁塔史就要这样结束啦。让铁塔倒下的也是司机。大堤北面刘寨村一位开大货车的司机，叫老五，平时为"黄河修防段"往大堤上拉石头拉沙，也算维护者。有次酒后开车，爬堤坡时酒劲上来了，方向盘一把没打好，大车翻下大堤，把铁塔撞翻了。果然是好酒。

铁塔竟会是这样的结果？在荒草遮掩下莫非塔底铁基早已锈透？司机竟像卧底。

一个最高度的偶像倒塌真他妈的容易，像草木灰一般。还不到片刻工夫，铁塔在告诉我的司机的话题之间摇晃。许多年里，我以为那铁塔依然在。

多余

铁塔一直在记忆里站着。一座曾经头戴闪电的铁塔，和大堤上其他九十九座铁塔可不一样。那年心里有了壮胆的概念：登过这一次塔，也越过那一道虚构的"分水岭"了。

塔，一个象征符号，诱导我去到达黄河。像后来出现的它，他，她，他们。

岸上有风。庚子初，冯杰。

黄河草木说

1 节节草

这是童年搭建的一节一节绿色桥梁，连接回家之路，好让你不迷失方向。

2 疙疤草或葛巴草，同音

疙疤草不好看，在民间游戏里不用作斗草使用，斗草多用蓑衣草。蓑衣草能撕开成几何图形，形状好看。

疙疤草生长一截会停下来扎下根须，巩固自己。它在大堤上蔓延，细雨无声，这草像发动群众革命。燎原之后，大堤两旁皆疙疤草，它成为保护大堤水土流失最执着者。疙疤草适应的范围广，耐盐碱，耐践踏。不怕驴马过，不怕牛羊啃。拖拉机碾过，照样吐绿。

长垣开展"首届黄河湿地山地自行车比赛"，我去为"张天师团队"助兴。我蹬不动车了，腿肚转筋，立在路边喝水。我又见到路边爬满疙疤草，看它亲切，是旧日模样。

想起当年割草都不割它，驴嫌弃，人也嫌弃。

前年，总书记号召全民开展足球运动，报纸上还有一张亲自开球的照片。河南"拉丁电器公司"开始烧钱，在郑州成立"环球足球娱乐部"，邀我剪彩。我说实在不懂足球，要是这笔钱赞助到文学事业上成就会更大。公司总裁说，不能这样比较，中国文学争气吗？中国哪有懂足球的？就是请你们这些不懂球者来吆喝。

许多年前，一位伟大人物视察黄河，站在东坝头，问过当地农民，这是什么草？

环球足球草坪大于乡村麦场，绿草茵茵，我试试脚之后，看那绿色整齐而熟稔，我问吴教练：这不是大堤上的疙疸草吗？吴教练见识广，显得有点不高兴，说：咋能是大堤上的疙疸草？那草只是为防汛，我这草是马尼拉草，进口的专业草，五千块一坪呢。

3　车前子在倾听

车前子预示着植物的命运：是草，在世间也要行走。

在黄河两岸，它生长在自己的车辙里。

那里有牛蹄、羊印，有雨水，有落花。

在深浅不一的车辙里，它能听到外面来临的车声，知道远方驶来的车主人，是男还是女。

4　沙打旺

沙打旺是最会抗争、最会讲道理的植物。割草时，在大堤上到处可见它的身影。黄沙愈打它愈旺盛，是一种敢较劲的草。

它们自己有整齐的呼吸。

在黄河大堤上，父亲领着我走在去溢洪堰看电影的路上，我问父亲怎么这么多沙打旺，他说，沙打旺防风固沙能力强，在黄河两岸风沙严重地区，种植沙打旺可减少风沙危害，保护大堤，防止水土流失和改良土壤。

他说，这些知识课本里都没有，是修防段老杨教授讲的。

后来知道父亲说的这位老杨是一位考察黄河者，那一年他路过孟岗修防段，一路背着他父亲的骨殖徒步行走。父亲也不知道他叫啥名字。老杨背后肯定有故事。

在去看电影的黄河大堤上，我们蹚着路边疯狂生长的沙打旺。

5　田菁的惊险

每到秋天来临，在大堤两岸，附近村民拉着一车一车的田菁秆走过。田菁蓬松，车子像一只巨大的绿色刺猬。有时夜半街上还响起车轮声。

田菁秆是我见过最高的植物，高达三四米。茎绿色，有时带褐色、红色，上面有不明显的淡绿色线纹。折断的田菁会流出白色黏液，一路弥漫着青气。

我有许多知识得益于父亲那本厚厚的新词典。知道田菁为豆科，田菁属植物，一年生或多年生，多为草本、灌木，少有小乔木，又叫作碱菁、涝豆。原产东半球热带地区，中国以福建、台湾、广东种植最早，逐渐北移至江淮流域，现北方各地也有栽培。

可它究竟是哪一年蔓延到北中原黄河段的？

父亲带我到黄河边马寨码头拉煤时，看到过漫无边际的田菁。因为东南风缘故，黄河滩田菁丛里，经常落有从宝岛飘过来的宣传标语。田振河当年跟他爸割田菁就捡到一张。

这些年黄河两岸一直在学习焦裕禄精神，我由泡桐联想到田菁。田菁喜温暖气候，抗旱、抗病虫能力强，有很强耐盐、耐涝、耐瘠能力，是改良盐碱地的先锋作物。我会自然地想到对岸焦裕禄栽的泡桐。

只是田菁属草本，多是压青用作绿肥，配合其他饲料喂牛、羊或打浆喂猪。

提起田菁，还要说到一个叫张连友的民兵。1977年5月的一天，黄河滩区突然乌云密布，电闪雷鸣，狂风大作。西北风刮得天昏地暗，满天冰雹瞬间倾泻而下。气温急剧下降，本来闷热的初夏天气，霎时变得寒气逼人。三十多度高温忽然降到零下，热冷相激。

长垣段黄河滩最宽，是典型的"豆腐腰"，南北长二十公里，东西宽十公里，黄河滩荒无人烟。正在这里割田菁的一百多人被突如其来的冰雹砸蒙了。人们穿着单衣，有的光着膀子，冻得发抖的人踏着泥泞，拼命向滩外拉车转移，只有机灵者才弃车而逃。

复员到家乡芦岗的张连友也在滩上割田菁，拉着他侄女、外甥一步一滑向前挪动。迎面横着一条水沟，他把两个孩子送过沟："你们快往坝上去，滩里还有好多人，我得拉他们一把。"

他顶着暴风雨返回滩里。遇见父女俩推车过沟，怎么用力也推不过，张连友扛着车帮他们过沟。又向滩内去，帮助运走四五个人。

张连友最后消失在滩里的暴风雨中。下午公社人员赶到河滩抢救遇险群众时，才发现张连友卧在河滩水沟边，两侧卧着被他抢救的两个孩子，三人紧挨，身体已冻僵。

1982年我到芦岗营业所当信贷员，在乡文化站里，看到有一间以张连友命名的图书馆，省军区赠送两柜子书，多数是《毛泽东选集》。

我在县城中药店见到"决明子"，我说咋是田菁籽，我太太说有人常把田菁籽当成决明子，冒充中药。决明、田菁两种植物种子相似，容易混淆，决明子降血压，田菁籽本身无药用价值，黄河滩上的驴子喜欢。

才知道我吃的中药有时也是假的，只是后来病也一样好了。

6　小香蒲坚持的标准

村里到秋后采收香蒲叶子，制作蒲席，制作蒲墩。蒲墩在村里叫"飘"，像要飞走。

香蒲还有其他历史故事。

我姥爷对我讲过，古代官员用生牛皮或熟牛皮制成皮鞭，惩戒过失之人。东汉刘宽为人有德量，理政时温仁多恕，属下官吏有过失，只取香蒲叶制作的蒲鞭示罚，告诫而已。人们便以"蒲鞭示辱"比喻以德从政。李白的"蒲鞭挂檐枝，示耻无扑抶"，苏东坡的"顾我迂愚分竹使，与君谈笑用蒲鞭"，都将蒲鞭典故写进自己的诗中。只有王洛宾的是牧羊鞭，"不断轻轻打在我身上"。

以柔克刚，可见蒲是阴性的。

我姥爷继续讲，蒲和瓦岗寨的隋唐英雄李密有一段故事。李密儿时家贫，以帮人放牛为生。后来有机会读书，李密读书特别用心，用蒲叶编成篮子挂在牛角上，将《汉书》装在篮内，骑在牛背上可一面放牛一面读书。

我说，人一旦出名了，读不读书、考试及格不及格都关系不大。

四十年后我参与民间环保，知道蒲的重要性。像一把绿尺。

水塘中的一只白鹭，对岸上一群官员大声说：生长香蒲的水源，环保质量才算过关。

7　柽柳，风中扯起来红纬

我在河南黄河两岸见到它，在兰州见到它，在白城见到它，在新疆见到它，在山西见到它。它一直跟我走，或我一直随它行。

还能找到出处。李时珍全方位记载柽柳：

> 《尔雅翼》云：天之将雨，柽先知之，起气以应，又负霜雪不凋，乃木之圣者也。故字从圣，又名雨师。或曰：得雨则垂垂如丝，当作雨丝。又《三辅故事》云：汉武帝苑中有柳，状如人，号曰人柳，一日三起三眠。则柽柳之圣，又不独知雨、负雪而已。今俗称长寿仙人柳，亦曰观音柳，谓观音用此洒水也。宗奭曰：今人谓之三

春柳，以其一年三秀故名。

　　柽柳枝条细柔，姿态婆娑，开花如红蓼，颇为美观。细枝柔韧耐磨，用来编筐，坚实耐用；粗枝做农具柄把。从"麻衣相"推断，柽柳似乎没有其他树种命好，生下来长在荒漠、河滩、盐碱地等恶劣环境中，只能适应干旱沙漠和滨海盐土生存，防风固沙、改造盐碱地、绿化环境。民间所谓的红柳，实则与柳树不沾亲带故。称"柳"，是其果实成熟时飘出飞絮，与柳絮相似；"红"是枝茎带红褐色。柽柳在《诗经》中出现过，究其由来，因为柽柳可谓"木中圣物"。

　　去年，我到盐城黄河故道参加诗人姜桦组织的"条子泥诗会"，见到柽柳。当地渔民对我说它叫观音柳，是观音洒水的专用工具。常看汪长青的画作观音像，一直以为观音洒水用的是垂杨柳，降雨量大，这次又增加了新知识。

　　下次见老汪，一定问，你知道观音如何洒水、如何使用喷壶吗？

8　灯芯草之见

　　它治疗失眠，而它自己又先于星光瞌睡。

　　此篇需要简写。免得见到黄河灯芯草时，它要点亮两岸旧时光，像草上的灯花，让我开始怀念你。

芒种时节的阳光。庚子夏，中原冯杰。

两岸要饭记

1　上水

黄河有"铜头铁尾豆腐腰"一说。

从青藏高原一路撞下来，它软硬兼施，浩荡东流，经过中原桃花峪成为中下游，到兰考东坝头，它不歇气，拐头北上，直奔大海。长垣、兰考两岸属这块"豆腐腰"里的一段软腰，这是九曲黄河的最后一道弯，一条五千多公里长的大河，数此地两岸河床最宽，易把控不住决堤泛滥。多少年里，在这块"豆腐腰"上蔓延过苍老的白云和鲜绿的草滩。

我生活在黄河西岸。西岸是封丘、长垣。东岸是兰考、东明。从前黄河发水，两岸叫作"上水"，含有一丝恭敬之意。上水不同于上酒上茶，"上水"预示着房倒屋塌，是度荒开始。

黄河滩里的同学田振河说，上水时，他家夜里能听到房塌声，扑通扑通，响得几十年后还胆战心惊。

2　大爷

两岸乡村，经常碰到要饭者，多以老人、妇女为主，有的女人拖带着小孩子，一路擦着鼻涕。其中不乏艺术细胞者，会打一段"莲花落"，乒乒乓乓，把气氛也打热了，竹板增加了喜剧效果。我母亲每当听到门外竹板声响，不劳那人开唱，赶紧把热馍送上。

要饭者都扛着柳条编的长篮，篮子似小舟的形状，大得似乎要张口吞下一个饥饿的村庄。

在东岸兰考，人们问要饭者："哪儿的?"

"长垣的大爷。"

在西岸长垣，人们问要饭者："哪儿的?"

"兰考的大爷。"

答话里有停顿和紧凑的妙处。中原人苦时也自找苦乐。尽管两位落魄者都是要饭的"大爷"，幽默里不乏苦涩。

阳光下，许许多多的"大爷"在黄河滩像蚂蚱一样蹦跶，行走。

我有一个五大爷，年轻时要过饭，最远跨河要到菏泽，积累了宝贵的行乞经验：要饭要选择范围，不要在自己村里要，更不在自家门口要，碰到亲戚熟人会拉到家里，面子上过不去。要行云流水远走他乡，既磨开脸面又自由自在，话也好说"圆番"。

两岸要饭形成了"河西人到河东要，河东人到河西要"的自然规律。接近两岸人才交流。

3　要饭

要着要着，便要成了一种"自由职业"。五大爷说：要饭让人生懒，能要三年饭，给个县长也不换。

多年后，我才看到苏东坡讲的那个穷汉言志的故事。

我在电影《焦裕禄》里看到一个片段：在中原寒冷冬夜，焦裕禄来到兰考火车站，站在弥漫的大雪里，他面对的是一个逃亡的兰考：那些站着的，蹲着的，依靠拐杖立着的，黑压压一地，来自全县各村，携家带口，一个个要扒火车外出要饭。他们在大雪里静默。

我看时眼睛湿润，如鲠在喉。人生落魄时没有上策、下策的选择，只有听天由命。

4 口音

小代是一位 80 后，在郑州创业，拥有好几家门店，去年回乡当支书，他母亲为此事至今不愿理他，骂道：好不容易跳出穷坑，咋能又折回？

年轻的代支书对我说，他们一家和要饭也有关联。他爷要过饭，是当年兰考要饭大军里的一员。还有一位大伯要饭，一路要到豫西，被一户人家看中，当了倒插门女婿，近几年才搭上线来往。

从 1964 年焦裕禄去世到如今，半世纪里兰考几乎是贫困的代名词，像一片桐叶包裹着苦涩。

我对兰考人的口音熟悉，有个现象，无论在郑州或其他地方，听口音就能判断出，有意思的是兰考人在外地从来不说自己是兰考的，都说是开封的，再问顶多说开封东。甚至两个陌生兰考人相见，都不会说自己是兰考的，一说出"兰考"俩字马上低半截，会被人瞧不起。

小代对我说，连说自己是兰考人都没底气。

要饭的名声像粘身的皮袄，兰考人一直穿着，揭不掉。

5　村事

小代当村支书第一件事是改善街道，在村里修了十一条路。村里道路原先四米宽，办红白喜事根本过不去车，现在八米宽，最宽十四米。他把道理讲透后，家家通情达理，有的人家让出四分地，他给三家补修了小门楼，墙上雕着花。

街道名起得很"形势"：田园路、如意路、文明路、幸福路，放到郑州也能跟上形势。

全县都种蜜瓜，他有自己主意，不随大溜。产业多样化，种植葡萄、苹果，培植草坪，因地制宜，只种能让老百姓放心的。

今年增加水产养殖，在冬天要举办村里"第一届捕捞节"。临走时小代对我说："到时来捞一把吧，捞住捞不住都让你吃鱼。"

6　化石

有一天，我在郑州堵车，听到挖沟的一个农民工问一个骑摩托车送外卖的，哪儿的这么气势？小伙子大声回答"兰考的"，语气里带着底气。

我想到多年前那个关于两岸大爷的话题。

大河两岸，"要饭"一词以后会成为一个语言化石，需要语言学家加上历史学家注释，后人才能懂得。

那次我在兰考焦裕禄纪念馆，除了看到那把符号般的藤椅，看到熟悉的农具，除笋头、簸箕、笆斗外，竟还看到一只用柳条编的篮子。熟悉的面孔，上面肯定也粘过饭汤、鼻涕、眼泪和一段莲花落。

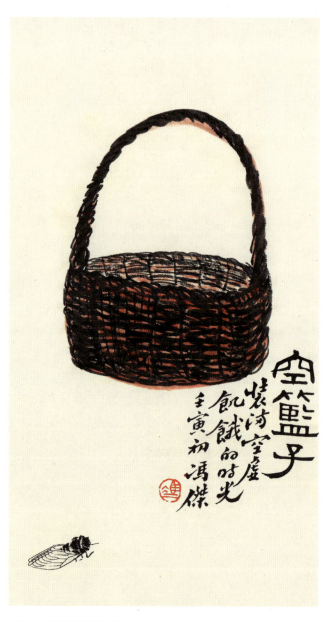

空籃子

裝滿空虛
飢餓的時光
壬寅初 馮傑

空篮子。装满空虚饥饿的时光。壬寅初，冯杰。

1　一片窟窿

小镇口语。

指一个人到处借债，到处欠人钱物的状态。也是欠债的隐喻，属于生活里的一个"窘词"。

小镇前街的杨金刚就是一个，他比我大两岁，喜欢把日子弄得有"一片窟窿"的氛围。他有一习惯，见到熟悉一点的人就会借钱，第一次见面，下次随机遇见肯定要借钱。他也不多借，每次只借五块八块，顶多十块，像是《水浒》里的"琐碎银子"。每次都有一个不雷同的理由。多数人遇到这种情况都不会拒绝，不给多也给少。

一天，我骑着一辆破车在下班路上逛荡，他喊我，是一副急急的样子，说在前面商店给女儿买一架琴，恰好差五块钱，手头一时错不开，要我先拿五块垫上。我单腿支车，从屁股后裤兜里掏出一个"片夹"，捏出来一张五元。

一周后，在路上又见到他，他说"快快拿五块钱，女儿要考试急用"。我单腿支车，从"片夹"里找出一张。

一个月后，他在路上喊住我，说"爸住院，药方都开好了，单等拿药，借我十块钱"。我又单腿支车，从"片夹"里前后翻一遍，凑够十元。

双方成交额虽小，那时没有百元大钞，十元面额最大，我月工资最早是二十三元，后来三十元，买书时凡定价超过三元都要犹豫。看到《第三帝国的兴亡》一书，厚厚三本五块，我每次到小镇书店柜台上，让那卷发姑娘拿起来又放下，主要是被定价吓住了。十块钱对我也算一笔大款。

许多天后，和人闲聊，一个同事说杨金刚说他爸病了，来借钱。有一天和另一个熟人说起，杨金刚也对他说女儿要买琴。

大家说杨金刚经常在镇上这样表演，家里不知有几十把琴了。

这事我很快忽视，以后在镇上的日子里，杨金刚消失了，一直再没见到他。有人说他到安阳做批发生意去了。

我在县农行当一名信贷员，平时业务是贷款、催款、还款，杨金刚这事不算奇，平时我更钦佩县里那些和几家银行打交道的"土豪劣绅"，这些所谓企业家演出更炉火纯青，借款十万、百万、千万，最后虱多不痒，账多不愁。后来大多欠款户都经过运作评估，划拨到长城公司豁免处理了。他们舒心转身。可以说，县里有些企业家是套国家款项发家的。

这样一比，杨金刚尽管名字叫"金刚"，显得格局小了，和他们根本不是一条线上的选手。也算纸上塌得"一片窟窿"，窟窿冒泡。

金刚家在前街赁房住。我母亲了解他家内情，认识他妈，平时给他们免费做过衣服。母亲对我解释说，金刚、金军弟兄俩，金刚是老大，他爹妈经常吵架，他妈抽烟，牙齿都熏黄了，前几年死了，他爸去年又给他"寻"个后妈。

我妈说，没人关心，日子才塌得"一片窟窿"。

我记得杨金刚脖下有一大片疤痕，冬天衣领紧扣看不到，夏天光脖就能看到了。我妈说，是他小时候从饭桌上急着扒碗，打翻热饭烫伤留下的。难怪我家每次吃饭，父亲总是把热碗往桌里面推一推。

2 滚蛋汤

北中原乡村食词。隐喻。

一席的菜，如果数量上到十之七八了，按乡风而论，客人这时该要谢绝上菜，以示谦和礼貌。

乡村厨师以盘子扫光为荣。净底说明技高。

这时刻，那帘子一闪腰，就掀开来。主人家会端上来一碗丸子汤或鸡蛋汤，汤的特点是辣、咸、酸。除了能喝之外，这是一种乡村隐喻，说明菜已经上完了。

丸子汤说明宴席完了。鸡蛋汤私下又叫滚蛋汤、没趣汤。"没"在北中原语系里读作"mu"，不读"mei"。

知道这汤道理的客人暗自明白，不能自讨没趣了，便不再吃喝了，欠身，只象征性地舀一下汤，盘算着如何走人。他们明白客走主人安的道理。

这是对那些明白的客人而言的，对饕餮食客多不管用。

有时主人家也发愁，亲戚系列里面，总有三两个能"坐折板凳腿"的客人。他们剔着牙，暮色向晚，这时，才开始打算要"喷空"。

喷空是北中原的传统文艺交流方式，里面有世界观。

此时主人家又不能怯场。我二大爷会先提个引子，近似前言，他说，大家先从文天祥那句诗开始，"卷帘云满座"，一边马上有食客喝彩。

掌灯时分慢慢来临。还得备一桌"文化晚饭"。

3 "坐折板凳腿"的客人

乡村口语。

走亲戚吃完宴席还赶不走的客人，有"坐折板凳腿"之称。这些"腿儿"开始剔牙喷空。从冬说到夏，芝麻兔子车轱辘，多以无聊话取胜。

这些特殊人物出现时，多由我二大爷作陪。他有说话经验，雅俗兼备。二大娘说他是"说话老师儿"，会打发乡村时间。

譬如，平时我二大爷评论吃，爱说一个套路。在东庄吃桃子，"这桃子真好吃，长这么大我还没吃过。"到马营村吃柿子，"这柿子真好吃，今年还没有吃过这么好的柿子。"到小郭村吃西瓜，"这西瓜真好吃，我走遍全县还没吃过这么甜的。"只是把主语稍微调换一下。

一把语言凳子，上面可以坐着不同的主人，走马灯一般。

二大娘最爱开玩笑，嫌我二大爷平时不关注农活儿，有一次站在村口，面对一泡新鲜的狗屎，对我说，让你二大爷来，评判一下。

磨牙也需要耐心。所以遇到"坐折板凳腿"的客人，需要陪客时，为避免冷场，主人多喜欢邀请我二大爷出场。

我二大爷终究是乡村视野。一个人的格局和环境有关。我后来看到一位和中国友情不错的同仁叫萨马兰奇，这老马谙熟中华文化，在中国走到哪里都有句口头禅，"这是我见到的最好的东西"。中西地域不同，但萨马兰奇和二大爷的语言有异曲同工之妙。

两地文化在北中原神撞了。西班牙斗牛蛋和南阳黄牛蛋皆轮廓浑圆。

4 茬口

介于乡镇之间的口语。

在同一块土地上，作物种植或生长的次数，一次叫一茬。茬口，指轮作物的种类和轮作次序，还指某种作物收割后的土壤。

豌豆茬，上一料作物种植的是豌豆，收获后其土壤就称豌豆茬。我姥爷说过，豌豆根部有根瘤菌，有固氨作用，故豌豆茬土壤地绵肥力较高，种小麦施肥少而较易丰收。

下一年种玉米和上届豌豆无关了，本届叫玉米茬。

靠茬又叫破茬，指土地上一种农作物收后暂不种植，闲置半年后再来种其他作物，如小麦，其茬口就叫靠茬。由于土地歇了半年，肥力较高，种小麦易丰收。

种小麦的田称为麦茬田，小麦种后种棉花称麦茬棉。不同作物轮作时称换茬或倒茬。同一作物连作时称重茬。我二大爷分析过，这有点冒险。

黄河滩上的土地则不论茬，夏天收麦，秋季大豆、玉米就靠不住。黄河水泛滥时，昨天还看在眼里，丰收在望，睡一夜到第二天，黄河翻一下身子，也许冲刷到对岸了，大豆、玉米成了山东户口。

还有一种茬叫"赶饭茬"，把握时机，在别人家吃饭时候恰好赶来。赶饭茬需要生活技巧，不可太早也不可太晚，把握好炊烟的方向。时间太早，如果找不到理由，连你自己都不好意思待下去；饭茬时间已过，只有喝刷锅水了。

北中原亲戚里，我铜牛舅就是一位"赶饭茬"者。时间在自行车链子里内部周转，他把握得恰到好处。

他每次来，我妈摆上碗筷，我搬上小凳子，我父亲要热心地上半瓶酒，说，还是上次剩下的。

5　藏老木

①

大凡游戏都带着干草气息。有一个游戏统称"捉迷藏"，乡村孩子童年时都玩过，北中原孩子叫它"藏老木"。双方开始，以一方找到对方为胜，或以藏者不被对方找到为胜。

北中原有些奇异风景的形状小而窄，只能在草垛里看到。夜空有流星划过，偷情者相约而至，皆从干草缝隙一睹风采。一声惊叹，星星听到消息会飞奔而来，偷情者听到消息会飞奔而去。

最惊险的一次藏老木，是人和动物之间的紧张关系。我刚在草垛里慌张入定，忍不住一声喊，感觉屁股下面万箭齐发，竟坐上了一只四处躲避人类的刺猬。双方均受到不同程度的惊吓。声音暴露了方位，本局失败。偶然事件经常为夜色增加某种意外情节。

半世纪过去，童年游戏的余韵沉淀记忆底层，记忆有点近似壶垢，在北中原层层加高。像一道黄河大堤，里面层次不同，成分不断发酵，甚至回忆的长堤显得变形。气息覆盖一生，总以为一直是在游戏里。

物质贫乏而童年显得旷荡摇晃的年代，一般都是大地辽阔，夜空星群丰富。

②

像吸烟氛围、打架斗殴氛围一样，笑声也产生某种感染诱惑的作用，经常引得邻村的孩子也赶来加入。当年唐代盐贩子王仙芝们在长垣起义大概也是这个模式。

有一次，柿园村的同学王子庸来凑热闹，甲乙双方，他的独特藏法让我们始终没有找到。他像一只从柿园村蹿过来的经验丰富的老狐狸。世界上的游戏不能太深奥周密，必须要露出一点破绽。甲方最终找不到乙方，也就失去游戏的趣味性，寻找者觉得全无成就感了。

群星布满，草叶的露水逐渐上来了，藏在低处，感觉露水一颗一颗大如核桃。我们失去耐心，因为王子庸这家伙一声不吭。一个说，肯定是被老狼或者妖怪吃掉了，吃得干干净净，连骨头都不吐。

第二天才知道，干草香弥漫熏人，这熊孩子在草垛里瞌睡了。睡了整整一夜，一直睡到天亮。打开草垛时，他赢了。村口空无一人，悬着一面太阳。

③

多年之后，我看到一个故事。

这是离北中原遥远的一场日本乡村的"藏老木"。

一次，大和尚良宽和孩子们一起玩捉迷藏，他藏在麦秸堆里面，孩子们找不到他，天黑下来了，孩子们扔下良宽一一回家了。

第二天早上，村里有人做饭或喂牲口去取麦秸，无意中发现藏在里面的良宽。那人吓得大叫一声："哎呀，师父你怎么藏在这里?"良宽急忙止住他："小声点，别让孩子们发现我藏在这里。"

在一样的草垛里，和北中原藏者不同，良宽一直没有瞌睡。

④　草垛外补遗

多年之后，我经历一个故事。

我童年时藏到了北中原那一方草垛。

在里面经历了童年、少年、青年，到中年时才醒来。出来时，外祖父、外祖母、父亲、母亲都一一去世。我在欢乐时光里藏进，出来时时光已经苍老。

6　老了

全部北中原都使用的口语。

瓜果长熟或长过了，叫"长老"。对于一个人说"老"，就是死亡。

在我们村里，说一个人"老了"，就是死去。必须是成年人的死。孩子之死不能说"老了"，只能说"有成""扔了"。

在云南勐海一座茶山上，和一个村长喝茶。这些村长喝茶挑剔，都带自家产的茶，装在一个小塑料袋子里。聊天时说，云南兰坪人说人死了，不说死，也说"老"。

我说，这和北中原说法一样。

我奇怪这一叫法相同，在它们之间肯定没有影响和联系。称呼来源皆出自本土。

北中原"大伙食堂"那年，这个词出现频率最多，缘由皆知。我姥爷晚年在床上回忆说："前街你麻四姥爷头天晚上还好好的，第二天就老了。"

凳可枕之。冯杰制。
有一年，我在武汉参加书市展销会。逛了几圈，却没有买书，
只买个枕凳，觉得睡觉比看书重要。
庚子春，冯杰记。

木器印象记。庚子初，冯杰。

在乡村，凳子是固定的，而屁股则是移动的，无论
来客还是主人，哪怕你是村长。冯杰又注。

向世界宣布睡醒了
乍看搞笑
再看有料
三看绝妙
冯杰
止也

向世界宣布我睡醒了。
乍看搞笑，再看有料，
三看绝妙。冯杰扯也。

附：乡瓜故事和语言的铲子

1

二大爷弄丢了压瓜铲的前一年，讲过一个故事。讲前，他对我先眨巴眨巴眼，说，俺专讲给城里人，乡下人就不要听了。

他说，城里人都不好伺候。我问，为啥不好伺候？

那一年二大爷到道口城里卖瓜，心怯，没敢进城，瓜摊子摆在路边，过一辆车会荡起一层尘。

一对城里人散步，见到二大爷在路边卖瓜，男人对身边女人说，这老农的瓜肯定不甜，是乡瓜；甜瓜还是要到城里的超市买，才放心。

二大爷听后，拿出一个叫"马宝蛋"的小瓜，说，这瓜甜，你见过有？

城里人没见过这种小瓜，有点好奇，问，这是啥瓜？这么小一点。

二大爷说，俺不卖，俺免费送给你。

城里人乐颠颠地把瓜接过去。

二大爷对我说，这叫"城瓜"。这瓜长得小，在瓜里面论辈分是孙子，管"乡瓜"叫爷嘞。

2

一年后，我觉得二大爷的故事是低级趣味，像在挖沟，加深城乡间隙，我干脆把他那一方明亮的语言铲子埋掉了。

凭经验判断瓜的生熟。壬寅初，冯杰。

栽树篇

树游记

　　看《穆天子传》一书，记了一句"天子于是取嘉禾以归，树于中国"，理解为大人物也栽种。

　　小人物一样喜欢栽种，更多为家庭使用。

　　外祖父栽种椿树榆树，把院里都栽满树，像是在大地上的一种资源储存。后来盖房时果然一一都用上了。过去站立的树如今躺在房子上，树木以另一种形式存在。

　　父亲种过桑树，桑树有两种形式存在，父亲说，栽桑树除了能"吃葚"，还能"卖权"。可以制造一种农具"桑权"，做桑权的桑树受枝丫限制，便不能吃桑葚了。

　　我在县城东郊有个二分大的小院，没搬去时一片空荡，觉得像辽阔的草原。我便和三姥爷提前栽下一棵泡桐苗。几年后泡桐做家具派上用场。桐木料轻，做了立柜内部的装板。

　　这棵桐树，我还写过一文纪念。

　　有年春天，母亲领着我和姐一家人，第一次到北京，为了省钱，住在地下室，一天十来块。白天看天安门，晚上在地下室。从长安街那段红墙下面路过，爬墙虎藤蔓在红墙上吐绿。悄悄折下一小段枝条，对母亲说，带回去看能否种活。

　　回到地下室，把枝条小心翼翼圈起来，放到塑料袋子里。母亲怕枝条干枯，在上面淋一些水。

　　几天后返回，坐火车把爬墙虎带回中原，栽到小院子南墙下，后来竟然发芽。两年后，爬满一方青墙，蔓延满满一面屋山。秋天降霜，高处的几片叶子是红的，在秋风里颤抖。院子小，临墙盘灶，我姥姥、母亲在下面拉风箱做饭，早晚都响起呼嗒呼嗒的声音。

这是我家栽种史里一个片段。

树和亲人都不在了，等到我来记录那些叶子、枝条、藤蔓，总觉得坐在窗下写字像是栽树。栽种文字是栽另一种树木。一棵一棵的字，等于或者大于嘉禾。世上许多栽树人也会冒出来这种感觉，只是说不出来而已。

对槐花的纠正
——《有花可吃》一文补遗

长新公路两边的黄河故道有大片槐树林，属于防沙治黄年代人工栽种。当年焦裕禄在兰考栽桐，我县人民在这岸栽槐。如今至少是槐二代。生态环境好，原先里面有獾狗草狐出没，后来有打兔者出没，再后来有政府官员出没。这两年那些善动脑筋者与时俱进，在槐树林深处修建几座"农家乐园"，低调不张扬，还能吃到高调的山鸡、斑鸠、野鸭、野兔。

政府官员说，这里不显山露水。

大片槐林勾引人，开花时一如迷茫雪海。一群骚客诗人商议，组织一次"槐花诗会"，会中我分神，忽然想到自己早先一篇文章写错了，明白这是洋槐，竟让杜甫提前一千多年，吃上洋槐花。

洋槐花在饥饿年代供中原人果腹，现在也吃。花色洁白，花香弥漫。洋槐花百年前才在黄河两岸开放。来到我们这里更晚，说是由当年在青岛的德国人栽后传来。洋槐花开放时喜欢听黄河涛声。

杜甫苦旅途中所见的都是黑槐，现在称国槐，不是洋槐。父亲对我说过几种树的资历，"千年柏，万年松，不如槐树一懵愣"。在北中原口语里"懵愣"是打盹瞌睡、瞬间又醒的意思。"一懵愣"就是千年。北中原能变成树精且上面同时又住妖怪的是国槐，不是洋槐。

中原年纪最大的树是黑槐。

杜甫吃的黑槐米可做一味中药。槐米功能凉血止血，主治痔疮。我有得痔经验，天下"有大痔者"不能选择，但服药要讲究对症，配方里一定有槐米。后来嫌砂锅熬药麻烦，改服槐角丸。专要同仁堂的。一天两次，一次六克，六克是三十三粒。到后来伸手一数，不多不少，犹如神助。

老舅知道我得痔疮，在手机里说当年他也得过，有一奇方，是那年我姥爷到张堤村亲戚老杨家要了一条烂鞭梢，煮水，洗了两次，几十年永不复发。

双方属现代化交流，我用乔布斯苹果手机和老舅谈论的至少是 1970 年前的痔疮。中美外贸战正打嘴仗。现在到哪里找赶牲口的老鞭梢？

我对老舅说，今天由杜甫的槐米扯得有点远了。

棟花在。我是第一次画棟花。于是，从胡同里从田野从路旁从你家门口走来那种气息，让我笔下好犹豫呵，谁在那里织就一个紫色的梦？庚子夏天，冯杰记。

试问卷帘人。
庚子初春客郑，冯杰。

砒霜的极简演义

引子　砒霜和银

有一年在陕晋黄河处看到砒砂岩，寸草不生，冒出一个意象，这简直是黄河的砒霜。一问专家，真是沉积在黄河下游的砒霜。正是砒砂岩造成悬在河南人民头上的悬河。

砒石是另一回事。

砒石经升华提炼成精制品，来到村里俗称"砒霜"，专业叫"三氧化二砷"。我写《一把碎银》引用时，错成"三氧化二钾"，字形像是"一支筷子"不出头，毒不死人了，马上毒性降低。还是被细心读者慧眼挑出。知识缺席，怨我从小化学课学得不好。

剧毒砒霜是好东西。中医胡半仙说砒霜蚀疮去腐、杀虫，治疗痈疽恶疮、癣疮、寒痰哮喘、疟疾。蜂蜜的敌人是砒霜，但离了砒霜社会不进步。

古代提炼技术欠缺，致使砒霜里都伴有少量的硫和硫化物。它们与银接触会起化学反应，使银针表面生成一层黑色硫化银。现代生产砒霜技术先进，提炼纯度高，不再含有杂质，银金属化学性质稳定，在通常条件下不会与砒霜起反应。能达到银子、砒霜相坐两相忘。

当年化学老师讲过，古人用银器验毒，这种方法并非全对。古人受科学限制，有的物品并不含毒，却含硫，如早餐盘里的鸡蛋黄，银针插进去也会变黑。有些毒物偏偏不含硫，如毒蕈、亚硝酸盐、氰化物、农药，我还想到孟岗集会上老王摊上的毒鼠药，银针与它们接触，不会出现黑色反应。

银筷子不能用作鉴别毒物的验毒工具了，但吃饭时拿双银筷总比竹筷心安踏实。

一捏　砒霜有脸

　　乡下骂人有一个口语叫"小白脸"。我写作文时喜欢炫耀，好出一些文字风头，笔下形容过李书记的宋秘书，写宋秘书长着一张"白糖脸"——脸是甜的。语文老师打个对号，批改说词句新奇，但不通顺。

　　"这种村夫式的武断，可能会扼杀一个乡村奋斗的文学天才。"这是文学导师三十年后聊天时对我的评语。似迟到的安慰。

　　比白糖脸庞还白的是砒霜。我后来还形容过李书记的脸是一张"砒霜脸"，只想形容李书记讲话时的严肃相。

　　其实我一直没见过真正惨白的砒霜和"砒霜脸"。白纸黑字，常让人抓住把柄，活得气短。多年来我一直吃文字的亏。

两捏　它小名叫信

　　后来见到砒霜。

　　乡村有自己的"物候学"，如"白露早，寒露迟，秋分种麦正当时"，是说耩麦时间。有一年耩麦播种之后，木耧闲歇。姥爷用一张白纸，包一小包东西，裹几层后放到一个陶罐里。有一天我好奇，拿出纸包要看个究竟，打开竟是白糖。

　　姥爷看到大惊，脸色都变了，一把夺走，说，以后不许摸！这是信，能毒死人的。

　　是"信"咋不寄走，放到这里？

母亲也说过，信有毒。

白纸黑字，一封信怎么能毒死人？字可杀人？

北中原称之为"信"，并不称"砒霜"。多年后找到砒霜出处，因为上好的砒霜产地在江西信郡，物以地名，故名信石，经南方商人私下贩运到北中原，简称砒霜为"信"。

十里乡村之内，谣言游走，会传来一些让人头发梢忽然顶风直立的讯息，说某某村有妇女"服信"，某某村会计因账目不清"服信"。一捏砒霜增加了村里饭场的新闻佐料。

村里放电影《白毛女》，杨白劳大年三十喝卤水死了，我问豆腐坊老杨，卤水是砒霜吗？老杨说，不是，那是白信，一捏都好多块钱。杨白劳哪有钱买砒霜？

三捏　造信者

信和"信"我一直在混淆。造谣者都是在纸上涂抹砒霜。譬如写诬告信，成本小效果大，近似"字霜"。

这样的一封信不是写出来的，是配制出来的。出信时的炉火需要大火，鼓风造力，炉火升腾。熬信的人分外敬业，他们在炼丹炉子周围，小心翼翼。因职业关系，十丈之内，炼信者会早早脱发，最后一个个成为秃子，或者成为"烂眼猴"。

我们村里一共有五位秃子，五位烂眼者，却没有一位从事提炼砒霜职业。秃子和"信"没有一点关系。对秃子也不可全信。孟子曰"尽信书不如无书"，里面也涉及了"信"。

我姥爷听我这一通风马牛的对比，表示赞赏。

我姥爷给我讲常识，他说卤水是专门点豆腐用的，再硬的豆腐也怯卤水。卤水点豆腐，一物降一物。长垣的豆腐脑比滑县的好喝，就得益于藕坑水和卤水。

四捏　王婆的配方

> （西门庆）包了一包砒霜来，把与王婆收了。这婆子却看着那妇人道："大娘子，我教你下药的法度。……"那妇人道："好却是好，只是奴手软了，临时安排不得尸首。"王婆道："这个容易。你只敲壁子，我自过来撺掇你。"……王婆把这砒霜用手捻为细末，把与那妇人拿去藏了。
>
> （《水浒传》）

这是宋朝的砒霜。"法度"一词说得实在要好。

说书人马老六把传奇里兑入了少量的砒霜。潘金莲、王婆、砒霜、武大郎、老虎，这些名词可以组成并列词组，串成一个月的故事。药店抽屉里藏着的砒霜和白色不明物，正在世俗里尽情扩散。《天工开物》上说，烧制砒霜时必须在上风口十余丈外，砒霜的力量强大，下风的近处，草木皆死。烧砒霜的人两年后还会发须脱落，可见秃子的形成是有根有据的。宋应星说：生人食过分厘立死。我无聊时核对换算单位，砒霜对人的致死量为 0.006~0.02 克。指甲一签。吃了一惊。

砒霜的好处是杀害虫。害虫眼里人是"害人"。在人的立场上，凡是吃粮食的虫子都是害虫。因为有砒霜，拌到粮食种子里，害虫不食不蛀，粮食才可保证高产。从某种意义上讲，砒霜是乡村五谷丰登的定心丸。砒霜是善意的，世上能吃饱肚子的幸福必须靠毒药来保证。

世界丰富之美，离不了砒霜。

也有唱反调的。美国环保作家蕾切尔的《寂静的春天》，是我喜欢看的书，我一共有三个不同颜色的版本。她在 1964 年我出生的这一年，目明心亮，开始涉及"信"，开始纪实农药对地球的危害。果是实言，现在不幸被这老太太命中了，为时已晚。但是，这和砒霜本身早已无关。

五捏　法老的固体咒语

砒霜有庇护作用，调和配制之后的砒霜，刷墙可成为一层坚固的咒语。百箭不侵。

最早进入金字塔里面探险的几位欧美科学家，几年之后一一死于砒霜。——谁让你们惊动法老。

为避免重蹈覆辙，有人开始查找原因，才知道埃及金字塔壁画里掺了砒霜。像是墙盾，法老作法，砒霜里又掺和了咒语。一下子把杀伤力增强加大，三米之内，必杀上将，何况你只是小卒？零距离咒语更是通吃。咒语加砒霜，胜似雪上加霜。考古者不在话下，军事家不在话下，政治家不在话下。见墙都死，至今还没研究出来破法。唯一破法是你不去埃及。

连拿破仑之死也说凶手是砒霜。外国人把砒霜称为"继承粉末"，就是用砒霜毒死有钱人，获得遗产继承权利。砒霜能铺就一条通向富贵的"捷径"。

这和潘金莲仅仅"为情设砒"不同，被武松杀了显得"亏本"。

六捏　中国三种鹤顶红

信有红白两种。砒霜的极品叫"鹤顶红"，属于"红信"。

我喜欢逃学后听马老六评书，在他唾沫星弥漫的江湖排行榜上，有一种最毒的药叫"鹤顶红"，又叫"丹顶红"。我专门从药书里寻找它的配制方法，找到一种说法，"鹤顶红"是从丹顶鹤红顶中提炼的一种毒药。古代大臣将"鹤顶红"置于朝珠中，便于应急时尽忠或畏罪自尽，包括忠臣和贪吏。尽管这些夺命鬼的想法一一不同，死法却是一样的。

我画画时查到苏轼有诗"掌中调丹砂，染此鹤顶红"，苏先生说的"鹤顶红"是一种茶花。他不是说茶好，是说画家手艺高。看来画毒是毒不死人的，看春宫画也毒不死人，天下每次"扫黄运动"都是出于一种目的，越扫越热闹。

我有一女友叫任茹，是伏牛山鸟类学家，毕业于中州大学，编过一册《黄河湿地鸟类》。我问过她关于鹤的问题，她误导我说，丹顶红下的鹤脑本无毒，食用还可增目力，夜能见物，适合夜间加班或幽会服用，鼓动我也试一下，还问我吃过吗？我马上就觉得这是她对我的一种幽默态度。

在中国毒药文化简史里，鹤顶红几乎成红信石了，变为红砒霜的别名。名字起得好听好看，像罂粟花，妖娆再现。

再在公园里看到鹤行走，我认为它顶着一泊毒药在行走。红信会飞翔，是满天毒药。仙鹤和砒霜只是数词不同，仙鹤是论"只"，砒霜是论"捏"。

七捏　液体砒霜

饮斑鸠能止渴吗？

有乡里干事如是问我，问得我一头雾水。

后来才知道咋回事。是宋秘书平时喜欢卖弄文采、喜欢错字。"饮鸩止渴"写成"饮鸠止渴"，俩字不仔细对比看不出来。他给李书记写稿，闹出文字事故。李书记念完稿后继续发挥，李书记说，饮斑鸠不但能止渴还止咳，止咳化痰。斑鸠是一味中药，这是李时珍书上的一个单方，气味平。

李书记后来问宋秘书："我咋没听说过，有液体砒霜吗？"

八捏　无题

我还是少年时，在黄河大堤下的小镇书店，柜台样书里有一本蓝色封面的《第三帝国的兴亡》，厚如砖头，一个月里我曾来临几次，让那位卷发服务员拿出来翻看，恰好翻到一页，里面如是说，希特勒牙齿里隐藏有一颗。这是最后一捏。

少年时代我没钱买书，但一直惦记着希特勒牙齿里的氰化钾。砒霜可通电，可用于照相，还可石印报刊，用于宣传。最后的化腐朽为神奇。

豹子的斑纹。中国山水之一。庚子，冯杰。

石来运转。
阳光不动，石在
动。壬寅初春客
郑，冯杰。

乡村教堂的椰子

我在小县城东郊萱园居住时，每天要骑一辆自行车从城东到城西上班，自行车轮几乎画县城半个圆。累计穿越五条胡同、两座小桥、一座加油站，还有环城路，途中关键要穿过城墙口那一座乡村教堂。

远远看到，十字架在一片云朵上飘浮。上帝保佑我，小心翼翼，唯恐上班迟到扣钱。

穿过教堂时，有几次听到教堂窗口传出来唱圣诗的声音，歌声透明，像一把梨花翩翩落下。

春天，萱园竹根能从地下悄悄越墙，蔓延到邻居家里，忽地从别人家墙角钻出来，高过墙头，回望故园。邻居提醒说，你家的竹子闯进来了。

邻居家的老太太是一位基督教信徒，模样白净清瘦。我们那里不说是"基督信徒"，只说是"信主"，"某某信主"就是信教。邻居经常串门说话，老太太对我说："身体不好，信了主，找到主有事情做了，每周去做礼拜、听圣歌，身体变好了。"人有信仰会不一样，呼出的气也丰沛，那是上帝赐予。老太太看我认真，顺便动员我有空也去听"主"训话，牧师讲经好听得很。

我说，平时我也读《圣经》。

串门时，老太太看到我家满是书籍、杂志，就说："看你是个写家，这么多书。我做礼拜时教堂里也送杂志，认不全里面的字，送你看吧。"给我拿来一本杂志，名字叫《天风》，封面素白，简洁大方，异于我平时看的流行杂志封面布满热闹。

在小城，我和县里几位业余作者办过一本铅印文学杂志，名叫《天地》，推我任主编。大家正为创刊号资金踌躇，陈医生爽快出资。不料后来初刊即终刊。

我说，这本杂志放我这里，我也看"主"几天。《天风》比《天地》办得清新。

多年后，我知道苏青早在上世纪40年代的上海就办过一本《天地》杂志，张爱玲为之写稿。早知这样，我会改名《地天》。

2

小城到旧历传统年底，教堂要安排布置过平安夜。教堂大门临北大街，处在十字路口，商贩游走，一派热闹。我领着孩子来到教堂，是第一次来，院子里一棵圣诞树在现代化里闪着上帝的光芒。

教堂宣传节目结合本土风俗，基督文化加入中原文化。信徒早早坐满教堂。怕打扰满堂快乐的圣徒，我这个异教徒在最后一排拣个空位坐下。孩子觉得一院子新奇，在钻空奔跑。

平时没有节日时，教堂会举办信徒婚礼，只面向耶稣。不信"主"的男女不能在此享受上帝恩泽，"主"把他们另外请到酒店。异教徒属于另外有"主"。

自行车停在外面，每次都不收钱。我谢看车人，他说你感谢主吧。

3

　　小城没有教堂就像没有粮垛的麦场，缺少主语。

　　我调到郑州后，十多年没专门回去进过那座教堂。我离"主"也很近，手边有不止一本《圣经》。大开本，小开本，黑皮的，红皮的。

　　河南信使们为显示和"主"亲近，喜欢把"马厩和驻马店"意译一起。驻马店肯定有马槽。给人印象里，全世界离上帝最近者是河南人。今年平安夜前，四位诗人在郭纳"阿缸泉茶居"品茶，豫南驻马店朋友给我发来一段视频，作平安夜祝福。我听后叫好，觉得这才是本土化"中原风"。是歌颂耶稣降临人间的河南梆子，唱风朴实。

　　一言以蔽之，通篇唱词是"亲词"。在座者良莠不齐，有信仰者没信仰者都同坐一桌喝茶，我属莠，没信仰，郭纳说要感谢主。大家一致推荐说数我河南话讲得最好，说起来像宋徽宗上朝，要负责朗诵一遍，和大家分享圣诞快乐。

　　我说做好录音再录像。唱词道：

　　　　冬至过了那整整三天，
　　　　小耶稣降生在俺驻马店。
　　　　三博士送来了一箱苹果，
　　　　还提着五斤猪肉十斤白面。
　　　　玛丽亚手里拿着红皮儿鸡蛋，
　　　　约瑟夫忙把饺子皮儿擀。
　　　　店老板端来一碗红糖姜水，
　　　　喊一声，大嫂你喝了不怕风寒。

驻马店村支书闻讯赶来，

道一声哈利路亚暂住证还是得办。

只见那马棚外天色向晚，

马棚里人人都吃苹果求个平安。

驻马店家家户户红旗招展，

庆圣诞鞭炮齐鸣锣鼓喧天。

哈利路亚。大家举茶以贺。唱词只有河南人才写得，体现对主贴切。其他省份作家下笔，会拐弯曲解，也不会是主的意思。

那晚上要回豫北，车过黄河大桥时，远处涛声好大。

万物皆有定时。生有时，死有时。栽种有时，拔出有时。杀戮有时，医治有时。拆毁有时，建造有时。哭有时，笑有时。哀恸有时，跳舞有时。抛掷石头有时，堆聚石头有时。怀抱有时，不怀抱有时。寻找有时，失落有时。保守有时，舍弃有时。撕裂有时，缝补有时。静有时，言语有时。喜爱有时，恨恶有时。争战有时，和好有时。
意出圣经传道书也。岁次庚子初春大观。冯杰设色并记。

看桥

家在黄河之北，平时经常从许多座不同面孔的黄河桥上来回穿梭，像岸上游动的另一种黄河鲤鱼。

当年到郑州去，来自黄河北的车辆都要从一座邙山黄河大桥通过。桥属于铁路公路并用，上世纪初修建，是黄河上第一座黄河大桥，到1988年才拆除完毕。当年我到郑州或者开封，都要绕道此桥，记得许多桥的旧事，犹如黄河上飘摇的"桥的童话"。

因为桥窄，要单线行驶，调度员放完一边车辆再放另一边车辆，等待四五个小时属于常事。有时车辆坏在桥上，司机提着摇把，满头是汗，一边骂娘，其他车辆则要等到半夜或在桥上过夜。我有次搭长途车困在桥上，尿急了，下车浇在桥墩上。同车者用幽默打发时光，说下游有鲤鱼要喝尿了。

三十年后，我站在桃花峪黄河大桥上，想起当年时常穿过的邙山黄河桥，恍如穿在桥的梦里。往下游看，河面水云相连，迷茫处，就是我出发启程的那一段黄河。

立冬日，闫总邀请看黄河，车子从"黄河中下游分界碑"下来，绕十来里路才到桃花峪黄河大桥，回望来处，看似近，却要一路曲弯成河的形状，把历史和现代、尘土和波浪都折叠了。

在大桥工作十多年的老闫和这座桥休戚相关，打一个"立体的比喻"，如从栽树苗到长成参天大树，他从打下第一个桥墩到最后通车，亲眼看着一座现代桥在大河上如何延伸。

他说起来如数家珍，桃花峪黄河大桥长七点七公里，桥形新颖，采用双塔全钢梁自锚式悬索桥，主跨四〇六米，是世界上此类跨度最大的悬索桥。大桥在建设工艺上创造了多项世界和国内第一，成为河南黄河的标志形象。

老闫最后告诉我一个秘密，说大桥上面七个大字是他写的。他还是位书法家，写"好大王碑"的。他要不说，就只有桥知道了。

登桥顶瞭望，桃花峪黄河大桥架在南北两岸，南有汉霸二王城，北有嘉应观。这座桥便有了现代和历史的双重意义。楚王城和汉王城之间还横亘鸿沟，是中国象棋盘上"楚河汉界"原型。我平时下棋都不敢和荥阳人下。鸿沟如今所剩实物不多，两座城所在的残垣仅剩下部分基土，覆盖在现代信息中，只有村民偶然翻土掘出的古战场兵器，冷不丁地提醒一下，这里曾是楚汉争霸战场，有将士的哀号和呐喊。鸿沟在黄河水冲刷下早已没有原来的恢宏气势，只能留在棋盘上来回乒乒乓乓。

路边有一座项羽雕像，昔日楚霸王在孤独地一手举鼎，姿势不变，让我担心哪天起风他手心一软鼎落下来。

北岸嘉应观恰好建在黄河豆腐腰"腰眼"上，中国最早的治黄指挥部该是嘉应观，雍正来过，毛泽东来过，傅作义来过。这些一心"治黄"者都印在嘉应观琉璃檐上瓦松的记忆里。嘉应观站在大河之阳，像一本立体的黄河志。

小时候老师说黄河是一条害河，长大后我认为黄河更像一条"国河"。我一直想写一部《黄河传》，因为我一生和黄河有关，无论生活、成长，还是工作，一辈子聆听涛声，没有离开它的两岸。黄河是一道生命里的"黄魂"，俯卧着的龙卷风萦绕着我。

从青藏高原启程，黄河一路九曲跌宕，奔腾万里，从孟津出峡谷一泻千里，我站的桃花峪是二、三级阶梯过渡带交汇点。山地与平原在此分野，黄河从这里摆脱最后的山地束缚从中游进入下游，它一下子自由了，也开始了历史上黄河决口改道一千五百九十三次的大河演义。

我生活在黄河拐弯北上处，这里是"天上悬河"。过去年年水灾，人们叫"上水"，每次"上水"都给人们带来记忆里的恐惧。一位怀庆府的文友却说，自己老家也在黄河北边，从来没有经历过黄河泛滥。这是地域之幸。

桃花峪为黄河中下游分界线，以这座黄河大桥为实物才不至于是虚线，只有它是一条看得见的实线。钢铁的曲线，携带大地诗意在游走。

我是第一次登上近百米高的桥塔看黄河，不由得想起四十年前还是一位少年，我为看到远方黄河，登上大堤的一座铁塔，塔顶远眺，隐隐约约，东方黄河是一道流逝的白光，构筑了一个少年的黄河梦。今天，站在桃花峪黄河大桥主塔上，河风吹拂，一场风就把我吹成人到中年了，那是人生的中游。

桃花峪黄河大桥也是"观黄台"，两岸像套色版画，中原秋后大地层次分明。艺术家此时失语，因为大地是最好的艺术家。

桃花峪的名字开得鲜亮，在这里我没看到一棵花朵盛开的桃树，看到了一座"盛开的桥"。桥会抒情，自己架在两岸云朵上，搭成了一行现代诗句。

过桥的顺序。壬寅初春，冯杰造也。

钟馗祝福，事事如意。冯杰。

世相

手温和匠心

王铁匠和叉

> 枪杆子里面出政权。——毛泽东说
>
> 他把雨水钉在黄河以西。——二大爷说

1

北中原生活区域内，负责"铁部"的有两个铁匠：孙铁匠孙炳臣，王铁匠王打铁。

孙铁匠一辈子只铸造錾子，有专业精神，以不变应万变，一辈子起于錾子落于錾子，要不是节外生枝，他靠一方錾子照样过一辈子。王铁匠则种类全面，除了是多面手，主要锻打农具，为北中原一年四季离不了的日常铁器。铁镰、铁锹、铲子、锄头、镢头，还包括村里妇女们上吊的铁钩子。据说，胡半仙的挖耳勺还是王铁匠悉心奉献的。

王铁匠走起路身上带着铁梨花，我二大爷说小鬼都不敢近他身。这是他一辈子打光棍的主要原因。他有一个绝活儿一直没有对外人说，这是二大爷多年以后在喝多了"冰堂春"酒失神后，一如在梦幻里，才神秘地告诉我的。

河两岸人家都知道王铁匠最会打铁叉，他打的铁叉是十齿的。十齿就有点吊诡了，因为平常铁叉只有三齿、四齿、六齿、十齿铁叉麦场或日常出粪根本使用不上。二大爷说，天蓬元帅猪八戒也顶多才使用九齿钉耙。那么十齿铁叉干啥？二大爷没说，这时卖了个关子。

问我，你说叉啥？

旱地扎鳖？

叉江山！二大爷自己回答。

江山能叉住么？叉尿布还差不多。

牛叉吧。

二大爷骂一句，哈哈大笑。

2

王铁匠是滑台谢家庄人，他爷爷那辈和李文成一块儿玩，热爱经营过白莲教。李文成在教会里称"李四木匠"。王铁匠他爷就叫"王四铁匠"。清嘉庆年间白莲教失事后，他爷躲避在辉县的太行山里，游走民间打铁明志，等待有一天复出，临死前传下来这一个打铁秘籍。

传到了王铁匠这一代，依然打铁，有人在谢家庄他的家见过一次。打铁时夜里铁花泛着蓝光。

那时菏泽还属直隶省，黄河对岸菏泽地区一直干旱，连续干旱五年，年年闹蝗灾。关于气象预报专业的话题，我平时看央视《晚间新闻》，之所以不瞌睡全是为了看后面天气预报，每次轮到河南，主持人爱说一句"受黄河上空一低压槽的影响"，我理解是因为有一道低压槽，丰沛的雨水才过不去。至于啥叫低压槽，黄河两岸恐怕没几个人真懂。

也许只有我二大爷知道，在"低压槽"里，王铁匠才会"飞叉定云"。

这不免扯远了。二大爷解释说，在古代，只有李淳风、袁天罡这一类的少数几个人才会玩"飞叉定云"。

3

二大爷回忆说，也该他目睹，那一天东方还没有鱼肚白的时候，二大爷早早起来要拾粪，他洗脸漱口，开栅出门。却有更早者，他见王铁匠走到村口西地那片高岗之上，稳稳站定。不一会儿，西边天空飘过来一团黑云，镶嵌着一道金边，饱吸墨浆轮廓鲜明的乌云有点诡异。

一场大雨就要飘过河去。

说时迟那时快，骤风乍起，挥手之间，一道铁影掠过，他用十齿铁叉把西北方的那片乌云牢牢钉在上面。乌云不动，那一道金边管控着丰沛的雨水；铁叉不动，天上雨水就不动。

菏泽那一年四季干旱。县志上载："天大旱，薰热难当，墙壁炎如火灼，由于自然原因，人多渴死饿死。县有十五个乡出现大批农民非正常死亡。"

到了这年冬天，蹚着黄河水或坐着木船，黄河对岸络绎不绝来了要饭人，像过蝗虫。东明一位打"莲花落"的说得更绝："天旱得很，全县出门望去，十里地就长了一棵玉蜀黍。那棵玉蜀黍竟然是铁秆子。老天爷铁定了，你说能不旱？"

4

王铁匠死后成为传说。多年后，我过浮桥到黄河对岸菏泽东明，参加一个民间组织的"国际庄子研讨会"。几年来，山东东明县和河南民权县一直在争论"庄子故里"。山东人能邀请我这个河南人参加故里之争，说明山东人学术胸怀博大。

我看到庄子隐藏在云端，掀开一角发笑。

会后听菏泽孟凡祥先生讲起那一年老家干旱，我深深吸一口凉气，不敢说北中原往事，担心泄密。说出来还怕学者指责我是小说家玄言，玄而又玄，不像说实话。

心想，要是他们当年知道旱灾是王铁匠十齿铁叉的缘故，菏泽人还不恼死他，肯定会用铁叉扎死他，像旱地扎鳖。

张木匠的鼠

后来，村里能拿出手的木匠越来越少。

父亲请来的木匠是大张、小张。木匠关系上属于父子俩。我平时喊大张叫"张师傅"，小张就不喊了。后生小张只负责打下手。

张师傅真名叫张九万。我父亲说，这名字听起来像有很多钱。

北中原请木匠有个规矩，一日三餐，师傅喝不喝酒每顿都要上一瓶酒，以示尊重。

但是大张是真喝，每次吃饭要上酒，最多喝半瓶。父亲担心喝多误事。实践证明，喝酒后刨子刮得更平整，活儿做得更细发。有一次大张喝得高兴，开始讲名字来历。"张九万"这名字独特，我父亲原先一直不好意思问，我更轮不上。

张师傅带着酒气，说他多正在村里打麻将，输了一天，家中唯一一头驴也输进去了，正在兴头上，家中报喜生一男孩，让起一个名字。他手摸一牌，恰好是自摸，高叫"九万！"门口报信人马上回去了，说这孩子叫了"九万"。

我父亲说，不知道底细还以为你家可有钱哪！

同来做工的小木匠和我年纪差不多，我想这小张的真名不会再叫"麻将""牌九"之类。果然，大名叫张国民，意思是国富民强。这名字属于一个通俗得放到人群里会马上被淹没的符号。

我父亲一向器重手艺人，对张木匠也不例外，每顿保证上酒，剩下半瓶酒下次断不会上，换上一整瓶。

还没请木匠前，父亲听"扎顶棚"的老田说张木匠手艺高超。有一年生产队里粮库老鼠猖獗，鼠药不管用，大队支书说要考验他，问木匠会治老鼠吗？张木匠用木头雕刻了一只木猫模板，涂上墨汁，印在纸上，再把这些纸猫贴在粮仓四周墙上，居然比真猫还灵验。恍惚之中，十里之外的老鼠都能看到猫的画像，从滑县到长垣，异国之鼠都不断在鼠须上传递惊恐的消息。

上官村有一家闹鼠，主人赶集买了许多鼠药也治不住，听到传说后，就到他家购买了一张纸猫。

我后来学画画，开始临齐白石的螃蟹、虾米，有时也印在纸上，还知道齐白石也是木匠出身，会木工雕花。假如当年陪张木匠吃饭时，我知道这一信息，肯定会问他知道大写意否。

张木匠干完大件临走前那天，给我雕刻了一条黄河鲤鱼，竟能把四条鱼须雕出来。我挂在床头，半夜起来撒尿，看见鱼须动。

剃头匠和葫芦

古今多少事，豆腐笑谈中。——电脑里忽然出现的新词

1　刀法

乡村理发师的刀锋都是从一方葫芦开始的。

我姥爷说过一句哲语："早剃头，早凉快。"其实是包含生死大义道理的禅语，说破了近似那句"早死早托生"。

村里人剃头制度属商议定制，乡村剃头匠赵半刀每月来一次，一年四季来十二次，为村里人剃头。他有一副扁担挑子，一只白皮铁桶改装的炉子，上面搪瓷盆里装满热水。热水里放一把舀水瓢，摇摇晃晃，每次来，我就想起姥爷讲的《水浒传》里白日鼠白胜买酒。我姥爷说的"剃头挑子一头热"这句歇后语有背景，以后恐怕要失传。

剃头地点，冬天选在胡同口，春夏多在打麦场边上，烧一锅热水，火焰慢腾腾在和水谈话。杏树林里有鸟在叫。我姥爷一年要交给赵半刀三升新麦。

他们剃头时，我在一边看，直到一盆洗脸水最后浑浊成黄河水。一把剃刀锋利，我偷偷用手试过。赵半刀剃头时只用前半部分，翘着手指。他说："我爹教我剃头刀用一半就够了，杀人时才用全刀。"

在村里，剃头也算一门手艺，起码能糊口。赵半刀他爹赵一刀当年收徒弟，刚开始不敢让弟子在客人头上实验，先在一个葫芦或冬瓜上刮毛，刮半年后，才开始正式操刀。后来我当

诗人写诗，知道这叫通感。

我少年时第一次到长垣县城，书店看过，小百货逛过，再没地方可去了，茫然四顾，干脆去国营理发店剃头。我理的最贵的头是一块钱一次。

2　剃刀和摩托

我二姥爷有一门"张箩"手艺，走南闯北，见过大世面，每次赵半刀来村里给他剃头，他会说当年见过郑州的大理发馆。人家的理发馆门前贴着"剪刀不留情专截牛仔裤，推子要革命去你阿飞头"的对联，横批是"兴无灭资"。我问二姥爷，他说这是"文革"年代的理发格式。他曾坐在理发店门口看了半晌，里面走出的人一个个头型标准，精神得很。

赵半刀死后，他儿子小赵师傅在村西头开一家理发店。年轻人思路活，他专门到安阳美发班培训过，生意比他爹的兴隆，还订了美发杂志，可以照图选发型。

有一天，柿园村一个小伙子买辆新摩托车，心情有点"新兴"，在乡村公路上溜车，骑着骑着油门加大，撞进理发店。小赵师傅正专注给人理发，水盆碰翻，他恼了，俩人吵起架。

小赵说，你骑个鸡巴摩托有啥了不起！

小伙子说，你剃个鸡巴头有啥了不起！

话刚说完，正在理发的那个人站起来，一拳送给小伙子，骂道："我剃个头碍你啥事啦！"

3　关于定型

剃头者寻找理发匠很是挑剔。理发"点人"，就是固定一人。在县城，我理发固定点是单位旁边"王记理发店"。后来单位从县城东关搬到西关，头发长了，我骑着自行车穿过大半个县城，依旧到"王记理发店"，地上落满我的秀发。

坐在凳子上，王师傅很高兴，开玩笑说："理发得找对人，你找方脸的理发师，能把你的熊猫脸最后修理成一张马脸。"

他说得有道理。多年之后，烙印一样的事实印证了这个道理。

2021年疫情期间，我头发长得实在太长，这一天只好就近理发，冒险走进路边一家叫"传奇造型"的理发店。镜子里青春乱晃。黄头发，蓝头发，绿头发，甚至红头发冒着火苗。师傅们都是年轻帅小伙。我让年轻理发师一定给我理个中年发型，我怕他乱理，特意说，一定要马英九的发型。

理完结账时，站在镜前，我发现竟是金正恩的头型。我开玩笑问小伙子一句，这头能否打折？

生活的重担壓賣了扁担你更多是把腰放低一些壬寅初记舊事也

壬寅初冬鄭馮傑

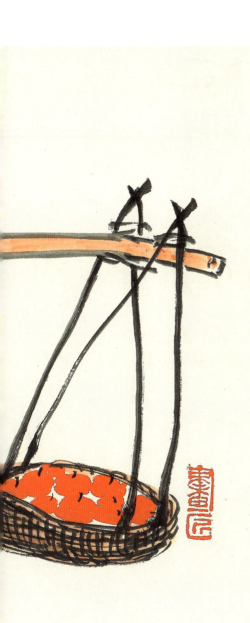

生活的重担压弯了扁担，
你更多是把腰放低一些。
壬寅初记旧事也。
壬寅初客郑，冯杰。

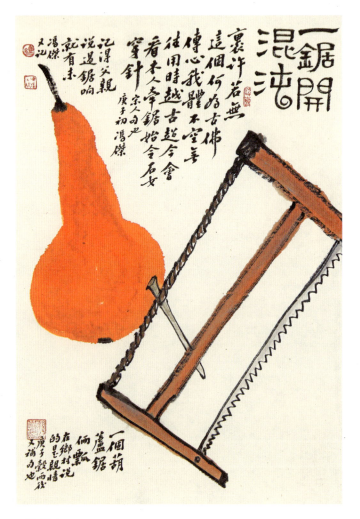

一锯开混沌。

里许若无这个，何为古佛传心。我体不空无往［住］，用时越古超今。会看木人牵锯，始令石女穿针。宋人句也。庚子初，冯杰。

记得父亲说过，锯响就有末。冯杰又记。

一个葫芦锯俩瓢，在乡村说的是亲情。庚子谷雨后又补句也。

上帝说，要走窄的门，不要走宽门，那里有老鼠夹子。
冯杰一晒。

云在高处。壬寅初春月，冯杰记。

行无愧诈望常坦，身处艰难气若虹。为一把椅子改陈独秀先生句也。
无论从文从政从人从世，可见椅子并不是好坐的。
庚子榴月客郑也，中原冯杰监制。
将"心"改"坐"，从道而入技耳，此点金成铁乎？冯杰款后又哂也。

鳥位
多少人为之
不择手
段 庚子初
冯杰

鸟位。多少人为之不择手段。庚子初，冯杰。

尚未丈量尽，几多人未识。
木气依旧在，手温染墨迟。
庚子将去，己丑即来，从牧野归
来，记此旧物于郑州。中原冯杰。

后石器年代

1 碌碡小名叫石磙

从空间上说，它最没有时间概念。

一种农具既遥远又亲近，它昨天从汉代滚来，滚过二十五史，滚到现在，两千年里还是旧日面庞，从粗粝打磨到精细，它没啥变化。它以身作则，一直在轧谷碾豆。村里人不叫碌碡，多叫石磙。

"石磙"这称呼让人看一眼就明白，宋人滚过来入画，张择端就搬来两个石磙压在《清明上河图》里，如作了镇纸的象征。

我小时候推过石磙，看着面庞亲切。一年冬天在郊区野外散步，看到一个闲置的石磙在雪里打盹儿，喊来几个孩子帮忙，把石磙推过几条马路，推到院子里，立起来，做了放水盆的墩子。它模样老实，洗脸时我波澜不惊。

乡村生活里，碌碡主要功能是碾麦。牛和驴在前面拉着，和人一样艰辛劳作。石磙的声音具有象征意义，是征兆。如果哪一年石磙在麦场闲着无事，听不到它吱呀吱呀的叫声，可推测断定当年是荒年，一村人马上就要挨饿。

除了做专业农具，它是一种"药方"。说起来奇特。小时候，夏天受凉肚疼，姥姥拿出这一土方，让我贴在碌碡上，用于暖肚。碌碡吸饱一天阳光，热量都在石头里循环着储存着，那一刻它把温度和心情都给予了你。果然，一个世界都不疼了。

碌碡还有一种救人功能。一个叫小四的同学，夏天在天然文岩渠里凫水被冲走了，找到后几个大人把他抬着放在碌碡上，小四趴上面，往外开始自然吐水。二大爷说，这叫"控水"。控水的小四慢慢才睁眼，他妈忽然哭了。

小四没明白过来，问，咋在石头上躺着？

众人头顶早是满天星光。

石磙都带有时代性。上初中时有一个传说，小镇上一个女知青殉情投河了，被捞上来，放在碌碡上，衣服整洁。

我只听到这一传说的开始，没有结尾，也没说女知青最后睁眼与否。我都毕业了，和小四还惦记着这一结尾。

在北中原乡村里，石头具有辟邪功能。孩子满月要找靠山，有的大人出门认亲，第一个见到什么就是什么，若碰到石磙，那石磙便是孩子认的"干爹"。

少年时在石磙上读到一则石磙传，明人马愈《马氏日抄·奇盗》："夜已昏暗，众出庙门，坐石磙上，疑未决。"它成为故事的介入者讲述者。一个村里最了解村史的不是族长，是那一方沉默的石磙。灵石无语。子夜时分，石磙有自己的事情要干，往往要在传说里随着月色飞翔起来，天亮才回到原处。

我姥爷说，你看，它忙了一夜，身上像还在出汗。

我从小就有诗人天分，当李白还有点屈才，我知道那并不是乡村的晨露。

2 打硪歌

从黄河边村收有两个石硪，放在我院子里。上半年觉得石硪面目不清，到后半年想探索究竟，我看了半天，恍然道，这不是当年的石硪吗？

石硪是砸地基或打桩子时使用的一种工具，通常是一块圆形石头，周围系着几根绳子。石硪是听到涛声最多的石器工具。打硪歌近似乡村劳动号子，是农村挑台基、筑堤坝时唱的一种原创歌。北中原黄河打硪歌，声调高亢，节奏性强，一唱众和，边打边唱，在修堤筑坝时，用以协调动作，缓解疲劳。

李白说，唱歌可减少疲劳。

鲁迅说，唱歌可减少疲劳。

毛主席说，唱歌可减少疲劳。

我也说，唱歌可减少疲劳。

于是，有了打硪歌。

打硪歌句式一般是七字、十字，也有用五字句的。建筑工地打硪时唱，与打夯号子近似。打硪又有"抬硪"与"飞硪"之分。打轻硪时将硪甩过头顶，又称"飞硪"，打的速度较快；打重硪则间歇时间较长。打硪用四人、八人、十人不等，领唱时不打硪，众唱时打硪。

少年时逃学穿梭在黄河大堤，那时每年都要加固黄河大堤，我们叫"复堤""打堤"。打硪歌有一人领唱。我闻到打硪者弥漫在空中的汗腥气息。

　　　　一个鸡蛋两头光，
　　　　提着小挑游四方。
　　　　北京南京我都到过，
　　　　就是没到过王家庄。
　　　　王家庄有个王员外，
　　　　他有三个好姑娘。
　　　　…………

领唱者每起一句，后面其他人接唱的都是"呀呦咿呀呦"。

我坐在大堤上听歌，尘土飞扬，坐到夕阳西下，单要听他们后面的"好姑娘"。

实际打硪劳动时，唱词更多是随机应变。领唱者看到一位老头路过，唱词里就出现老头；天空飞过一只老鸹，唱词里就出现一只老鸹；忽然看到路过一个女人，大家马上提了精神，编排出有关女人的唱词。那女人脸一红，笑着骂一句赶紧急急走过。

几十年过去了，黄河大堤一直升高，每年复堤使用灌溉船来抽泥，不舍昼夜。那些石硪早已无用武之地了，一一消失在时间里。我好像未动，还一直坐在大堤上听歌。

有一天，在黄河打硪歌谣的缝隙，我忽然遇到了王家庄的好姑娘。

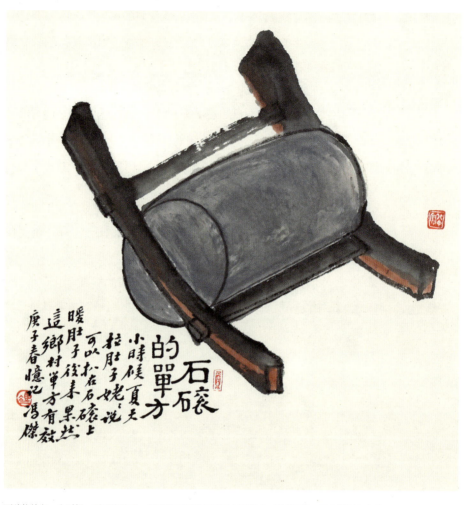

石碾
的單方

小時候夏天
拉肚子姥姥說
可以趴在石碾上
暖肚子後來果然
這鄉村單方有效
庚子春憶記馮傑

石碾的单方。小时候，夏天拉肚子，姥姥说可以趴在石碾上暖肚子。后来果然，这乡村单方有效。
庚子春忆记，冯杰。

鲤鱼和少年

长垣县令刘廷，字子长，南阳人，来长垣任职一年，和前几届一样，刘县令碌碌无为，成就不大。民众反映说这新县令特点是会喝酒，一场下来竟喝三斤不醉。县令有个习惯，喜欢邀下属群喝，喝到兴起，拍案说，不够喝我马上让滑县齐县令送来一百瓶"小鸡蹦"。每次都是他先打通关。宴席上有个命令式姿势，自己先喝一碗，空碗亮底给对方，说："喝！谁不喝靠他娘！"

刘县令这样一"靠"，部下就没有不喝的。

初春一天，县令妻子从娘家回来，娘家在封丘。夫妇在县衙后院入住，睡到半夜，窗外起了风，逐渐风大，隐隐听到外面有东西在碰窗撞门。这么晚不会有公干。刘廷觉得蹊跷，披衣起来察看。出去一会儿，又返回来了。妻子问情况，他安慰说，没啥事，就是风吹动，睡吧。掀开被子继续入睡。

县令躺下后，妻子却隐隐觉得丈夫身上有一股鱼腥气，她捏捏鼻子，转过身子才睡着。

一场大风后，县衙有了巨大变化。原本碌碌无为的刘廷像换了一个人似的，不再酗酒，精明强干，天不亮就去办公，处理公务井井有条。同僚民众上下都敬佩，称赞县令有如神助。

两年后的初春，长垣十字口洋槐树开花了。不知从哪里空投来一位红衣少年，十六七岁年纪，白白净净，嘴上一圈毛茸茸的，正因为一身红衣服，很是显眼。红衣少年竟然在摆摊看相，这举动和年纪有点不相符。在长垣能摆摊算卦的一般鹤发童颜才立得住。围了一圈人看热闹，开始时大家轻视，说干这行得胡子越长越有经验，才能稳住。

有人偏偏打岔，说那也不见得，山羊生下来就有一把胡子。

常年在县城游走占卜的老祖也奇怪，自己跟师傅学了五十年，才敢出头露面，一个年轻后生，能看相？

红衣少年由于看得准确，人事皆不失，断事有如神助，几天后轰动县城，都说县城十字口来了一个哪吒式的神童。县令夫人鼓动刘廷也去看看前途，刘廷笑了，说，我一个食国家俸禄人员，只信朝廷，焉能相信这江湖之术。催的人和次数多了，他后来干脆躲在县衙里不见。

也许是长垣胡辣汤好喝，红衣少年一直没有离开长垣的意思，每天都在县城四关四街游走，为民解惑。你说他和老祖争生意吧，看过竟分文不取。一群人如喜欢聚众的麻雀，跟在后面叽叽喳喳看热闹。

这一天，红衣少年路过县衙，对"麻雀"们说，这里有一股妖气。

大家都笑了。县衙上面大匾明明是"弘扬正气"，你敢说县衙里有妖气？马上有人从里面出来，要赶他出境。红衣少年也笑笑。

这一天，刘廷妻子主动找来，要为夫君占卜求祥。

红衣少年直接问刘廷妻子，你家平时是否有鱼腥气？

县令夫人奇怪，这小事你咋也知道？

红衣少年说，夫人还记得有一年你家夜半那次撞门的事吗？

这事她记得很清楚。夫人说，有啊，正是因为那天夜里才开始隐隐有一丝鱼腥气息。

红衣少年说，你现在的丈夫已经不是原来那位了，他是一条鲤鱼精。你丈夫就是在那夜开门察看时，被这条鲤鱼精幻化了。

县令夫人不知道啥叫"幻化"，只是听得腿软，惊恐地张着大嘴，磕巴着说，那……小大师傅，你得做主为俺报仇。

红衣少年说，夫人要听我如此这般安排。

第二天早上，东方鱼肚泛白，红衣少年在县衙前摆了一口红瓮，立一柄王四铁匠打制的十齿铁叉，开始燃香，设坛作法。刘廷县令勤政，平时不敢有一丝怠慢，早早上班值日，忽然听到有下人报告刁民设坛作法的消息，不禁大怒，这他妈的不是聚众闹事吗？分明危害全县稳定。他马上派人前去驱赶。

偏偏在这时，县令双腿忽然有点抽筋，站在那里，迈不开步子。紧接着，来一阵大风。

红衣少年在县衙前继续设坛作法。这时，天空落下一条大鲤鱼，扑通一声，在县衙前小广场上溅满腥气。那条鲤鱼或者说县令"哎呀"一声，此时人头鱼身，县令还是县令模样，却伏在地上乞求饶命，全然没有县令昔日讲话的风采。

红衣少年对县令说："以你以往的罪行本该当斩，可是你在当县令期间大有作为，脚踏实地，干出许多实事，民声颇佳，今日先免去你的死罪。"

世间之事，自然也是一物降一物，就连我二大爷也说不清这等鸟事。

红衣少年说罢，将那一口大瓮盖子打开，一手就把鲤鱼精囚进瓮里，念了两条"封咒经""平安经"，封住瓮口后让人抬到县衙，埋到县衙大厅下面。最后，又建了一座三米高的青砖台压在上面。

鲤鱼精在里面问红衣少年，何时才能放他出去。县令夫人听到里面嗡嗡嗡嗡，一点不像平时夫君之声。

红衣少年说，这事不打紧，我在全省转一圈后很快回来。等我下次从这里路过，自然会放你出来。

这鲤鱼精的故事一直在长垣民间被添油加醋，后来到了说书艺人"瞎八碗"传奇里，算告一段落。

那一年，父亲领我拉一辆架子车去挖煤土，我父亲指着远处一片高岗，说，这就是传说中的鲤鱼台，夜里过能闻到鱼腥气。我看到高岗上蒿草过人，几只秃麻雀立在上面，压弯枝头，麻雀显得有气无力。土岗下面四周都是我父亲关心的煤土。家里平时生火做饭，煤里必须掺煤土。

知道鲤鱼台后，我并不关心妖怪，我关心的是那位红衣少年最后去哪里了，为啥迟迟不来。年纪轻轻的，白口红牙，这他妈的不是也骗了那一条黄河鲤鱼吗？

河流的故事。一方飞毯上游动着北中原的传奇。
庚子初夏客于郑，冯杰。

黄鼬的嘹亮

1　小镇上的标本

一条黄鼬和一条黄河都姓黄。

孟岗小镇在黄河大堤下面，供销社收购站四壁上，挂满一排一排装谷糠的黄鼠狼标本。远在门口看，墙上的黄鼬肥嘟嘟的，风一吹就摇晃。

一张好的黄鼠狼皮能卖三十元，最次毛皮一张也八九元。一方凳子泊在阳光里，收购站麻站长坐在阳光里打瞌睡。有人来卖黄鼠狼皮他才睁眼。他双手端着一张装糠的黄鼠狼皮，放到阳光下，用嘴吹黄鼠狼脊背，绒毛如被一股风浪犁开，纷纷向两边分开。

我喜欢看他表演，能学经验，期盼有一日自己也能这般展示。

麻站长凭积累的经验，根据绒毛清晰程度，马上断定等级。然后让会计开票付钱，八块、十块、三十块不等。若有小媳妇去卖黄鼠狼皮，他吹的速度就慢，据说会多加两块钱。

那时光，政治和自然一片大好而不是小好，村里田野到处游走着逍遥的黄鼠狼。它们像道士，它们似乡村主人一般，双眼如手电筒灯柱，闪着金光。

2　你赶紧把天窗封死

果必有因。所以有后来的故事，都是被收购站墙上挂满黄鼬诱惑，像四壁挂满金币，是被金钱诱惑，才有一次剥黄鼬皮行为。

在北地拾柴火时，大家在河沟上发现一孔口，不像兔洞不像鼠洞。长我四岁的孙暴雨有经验，断定是黄鼠狼窝。黄鼠狼洞三个口，出口和进口，中间一个天窗，便于途中逃走。

大家商议，若能卖出一张黄鼠狼皮，大于割十天草拾半月柴火。

一个人堵住出口，一个人从进口开挖，采取笨法挖掘，从中午挖到下午。最后关键时刻，听孙暴雨叫道："你赶紧把天窗封死，怕它要冒出来。"

挖了一晌，最后才把黄鼠狼逮住。瓮中捉鳖捉黄鼠狼。

一块儿剥黄鼬皮者共计四人，有后来当了乡党委秘书的孙修礼，有老大暴雨、老二风雨兄弟俩，还有在下。孙暴雨说他剥过兔子、剥过老鼠，有操刀经验。大家把一匹 1976 年逮住的黄鼬挂在一棵野枣树上，先从黄鼬鼻子开始往下剥。大家提醒，一定要留意最后的尾巴。

眼看要收官了，孙暴雨一激动，还是把黄鼠狼尾巴剥掉了。大家无不沮丧，埋怨孙暴雨。

黄鼠狼皮彻底不值钱啦，近似元帅最后没颁发勋章。

四个篮筐空荡荡，等于大家一天颗粒未收，只落一张剥失败的黄鼠狼皮。黄鼬气息弥漫。

姥姥后来知道了，警告我，让我们不要再抓黄鼠狼。

以后再见到黄鼠狼，远远行注目礼，近似向黄鼠狼道歉。

乡村黄昏里悄然行走着一匹接一匹的黄色"道士"。

3　简史普及

它因周身棕黄或橙黄，故称黄鼬。

黄鼠狼身长一般两尺左右，雌性个头小于雄性。头骨为狭长形，顶部较平。栖息于平原、沼泽、河谷、村庄、城市、山区。多夜行，以啮齿类动物为食，偶尔吃其他小动物。

冬季来临，黄鼬随鼠类迁移到村落附近，开始高蹦低蹿的生活，在干沟的乱石堆里闪电般地追袭猎食对象。黄鼬警觉性很高，时刻保持着高度戒备状态，要想偷袭黄鼬是很困难的。一旦遭到狗或人的追击，在没有退路和无法逃脱时，黄鼬会对进犯者发起殊死反攻，显得无畏又十分凶猛。黄鼬有一种退敌武器，就是体内可释放一股臭气，这是最后撒手锏，像关老爷的拖刀计，奔逃时同步喷射。假如追者被这种分泌物射中头部，会马上中毒，轻者头晕目眩、恶心呕吐，重者倒地昏迷不醒。历史上以这种状态毙命的，都是黄鼬所致或黄鼠狼精所托依而致。

黄鼬食性很杂，在野外以鼠兔为主食，野兔短距离跑得快，在长时间高速追逐下，会因恐惧和力竭而被赶上咬断脖颈；黄鼬也吃鸟蛋及鱼、蛙、昆虫，若下榻村庄附近，会顺便捎带上鸡鸭家禽。这种食鸡吮血而不尽的习惯，让乡村孩子从小有个不好的印象——黄鼠狼专门吃鸡，以及歇后语"黄鼠狼给鸡拜年——没安好心"，都属于服药的副作用。

实际上，一匹黄鼬一夜能捕食六七只老鼠，却因一只鸡而名声毁于一旦。

4 乡村之灵异

我姥爷讲过两个和"干爹"有关的故事，一个是公鸡认干爹，一个是黄鼠狼认干爹。凡乡村故事，题材多与吃有关，我姥爷的民间创作也未能创新。

说官桥营村的老罗，家穷人勤，每天早晨冷清明儿，老罗就背着粪筐到村外路上拾粪。我姥爷一贯主张"无事少赶集，有空多拾粪"。老罗很符合我姥爷的治家标准。

这天早起刚出村口，老罗看到前面有一只黄鼠狼背着布袋，嘟囔着"一袋十斗、一袋十斗"，喘着粗气跑来，后面追着一条黄狗。黄鼠狼一看，迎面是拿粪叉者拦路，后面有恶狗追击，必死无疑。哪知老罗却把粪叉向黄狗头上砸去。狗头眼冒金星，夺命而去。

黄鼠狼跪谢老罗救命之恩："今天借粮，没你我就没命了，您老不嫌弃，我当您干儿吧。干爹在上，请受孩儿一拜。"尾巴翘起，对着老罗磕仨响头。

过后老罗也没放心上，继续拾粪。到大年三十这天，儿媳为年货发愁。早晨把厨房门打开，她看到锅台上摆放着鸡鸭鱼、大肉、点心、油馍，问爹："咱家哪来这么多年货？"

"昨晚我道口镇的干儿看我带的。"

儿媳说："这么多年，咋冇听爹说道口镇有阔亲戚？"

半年后，到老罗生日的头天晚上，儿媳为寿礼发愁到半夜，却听到爹屋里有人说话，听声音是俩人。

"爹，您还没睡，在屋里跟谁说话？"

"干儿来看我啦！你有事在外说，这里不方便。"

"明天是爹生日，和您商量咋过。"

"现在大伙食堂都饿死人了，连饭都要吃不上了，还过啥生日，算了!"

屋内一个细细声音:"干爹，原来明天您六十大寿？该办。嫂子别急，明早我就把礼品送齐，劳驾你给咱爹操办。"

"大兄弟，明天中午你也来喝寿酒。"

"我明晚上来。"黄鼠狼无意说漏了嘴。

这天清晨，儿媳打开厨房门，看到锅台上鸡鸭鱼肉和馒头尽有。寿宴中午办完。晚上她站在窗外，听到有人在屋里说话:"爹，给您磕头了。"又听见那种细细声音:"祝干爹福如东海长流水，寿比南山不老松。"

分明是在上课，传播文化。

后来我对比过这两个同样和干爹有关的故事，觉得这个故事没有小公鸡认干爹那个好。尽管我姥爷说他认识官桥营的老罗。

5 麻雀汉奸诱捕器

孙老师在课堂上说，黄鼬主要生活在俄罗斯的西伯利亚地区、泰国、中国西藏等地。这些地方离我遥远。我知道的早期黄鼬分布范围在大河之北:黄鼬分布从长垣到滑县，具体缩小到从孙修礼家草垛到留香寨村草垛。

黄鼬活动属于夜行性，尤其清晨和黄昏出入频繁，有时白天偶尔能看到。在孟岗小镇邮局，我中午见到一匹黄鼬穿过绿色邮箱，分明是寄信。它通常单独行动，善于奔走，能贴伏地面前进，钻越缝隙和洞穴，会凫水，会攀树，会上墙。除繁殖期外，一般没有固定巢穴，通常隐藏于草垛、石堆、墙洞、墓地、荒园。有文化的黄鼬藏在蒲松龄狭隘逼仄的文字缝隙里，非胡适宽舒之白话，这类黄鼬极少，仅属知识黄鼬。

孟岗营业所院子里，父亲的同事是一位转业军人，我喊"成云叔"，他在部队当的是空军，一到冬天他就开始在地上布置捉"黄"行动。多次在院里我母亲垒的鸡窝旁，设下捉黄鼠狼的箱子，里面包含机关：前面小笼放一只麻雀引诱，另一边留口，有一块青色八砖吊在上面，黄鼠狼脊梁微微擦过，砖会触动掉下，把黄鼬关在笼里。这叔叔马上出动把黄鼬倒进一只布袋里，为保护毛皮完整不受损卖一个好价钱，摔死黄鼬。一个冬季成云叔能捉十来匹黄鼬。因为同一种气息，他和麻站长成为好友。

不管空军海军，我对世界上能抓狼捉兔的叔叔都很钦佩。

记得有一天半夜，成云叔喊父亲起来，我也起来了，迷迷糊糊看到一匹黄鼠狼困在笼子的机关里，在焦躁转圈。

整个冬天我都在兴奋状态里。我姥姥对捕"黄"举动很不满意，说，看你成云叔那双眼，爆得像狼眼。我后来揣摩了一下，果然长得像唐三彩骆驼上高坐的胡人。

6 狼毫非狼毛，是指黄鼠狼尾巴

黄鼬珍贵在于其尾能制毛笔，国人称"狼毫"。满村笔庄送我父亲的毛笔多称狼毫。如今郑州古玩城的唐老板也常给我送一捆一捆形状可疑的粗大狼毫。有一次我忍不住问："哪有这么多黄鼠狼尾巴?"

唐老板调侃我: "齐白石一辈子撑死也就画七千件,现在市场有据可查的都十万件了。"

画商的意思是说,黄鼠狼数量多少并不影响社会和谐。

多年后一个清晨,孙修礼给我打来电话。话题很多,我梳理了一下,主要是关于竞选,大意是说下周全县要正式竞选乡长,竞争激烈,半月都没睡好觉,前天夜里做一个梦,梦到多年前一同剥黄鼬皮的情景再现,一匹黄鼠狼到办公室给他作揖,临走送他一方县令大印。孙修礼说同学里如今数我学问最大,探讨一下这是啥征兆。

我只听说古代有一个掌管令印的狐仙,我到内乡县衙、平遥县衙印证过,从没听说黄鼠狼也掌管县令大印,心里疑惑。

我电话里问: "那一方县令印如今还在你手上吗?"

他笑了: "操,那是做梦。"

我说: "这不就得了。要是你手里有闲钱就去拼搏一把,现在存银行利息也不高;没闲钱千万别塌一身窟窿去蹚浑水。"

我蹊跷的是,多年前那匹剥皮的黄鼠狼咋能在他梦里出现?

黄鼠狼在乡村的天敌有二:天上是老鹰,地上是狗和鹅。狗则是农村常见的土狗,黄鼬和洋狗却相安无事,洋狗不认识它。鹅有坚硬的大嘴,翅膀猛烈扇动罡风。黄鼠狼有"祖传"经验,更可怕的是鹅屎不慎沾到身上皮肤会溃烂。曾国藩是英雄,一生也烦恼身上的体癣。

孙修礼秘书长的天敌不在天上也不在地下,而是大院里的县委书记。后来,他果然没有当上。下次见后我也作揖,说,这未免不可恭喜。

邻居家的梅花。庚子秋，中原冯杰。

它们说

羊之语

河南话发音"五"是"吾"，故用数字五做线起针。

五岁时，我一眼能分清绵羊和山羊。

源于我姥爷教我一个笨法：羊嘴巴下面留胡子的是山羊，没有留胡子的是绵羊。举一反三，启发我后来还知道了什么是"山羊胡"。

十五岁时，我和父亲冬天进城，喜欢喝羊肉汤。要放一把芫荽提鲜。

二十五岁时，我读到古希腊萨福的诗："晚星带回了/曙光散布出去的一切，/带回了绵羊，带回了山羊，/带回了牧童回到了母亲身边。"

三十五岁时，我遇见了你。你是一位美食家，语言的占卜者，香烟研究者，是一位完美主义者。埋伏下一场伤感。

你对我说：羊肉不膻犹如女人不骚。引申到美食里是吃羊肉必须要膻，那是羊的神韵。我知道山羊肉不膻，绵羊肉膻。后来读佛经，启发我吃肉不如吃草，吃无花果不如吃叶子。世界在弱肉强食。世界是荤的。

四十五岁时，我读《圣经》，里面有句"像牧羊人把绵羊与山羊分开一样，把绵羊放在自己的右边，山羊放在左边"，像是我姥爷写的对子。是对世上善恶之辨。

在北中原殷墟的甲骨文里，"祥"就是"羊"。吉祥就是挂着一个羊头，需要在好事里摇晃一下。

写此文时我五十二岁，再往后继续推测，我一百五十岁时，已成一匹白毛妖怪。搬运草木，脱胎换骨。不吃羊肉。

那天，上帝领我打开一面橱窗，让我读天堂里的故事，来自人间的山羊、绵羊、青羊、寒羊、黑羊、红羊、黄羊、岩羊，它们披着自己的大氅，擎着不一样的颜色。它们念着经文，一座灵山之上都长满了雪的胡子，合在一起组成一座白山。这是山脉形成的原因之一。

上帝说，你知道吗？它们在人间身上都布满刀子。

疑似马语

1

流言蜚语，马语，驴语，牛语，雀语，蜈蚣语，鲤鱼的语，闪电的语，黄河的语。饿语不是俄语。等等语。世界上语言产生的目的是为了织就一张情感之网，便于交流，不漏下来豆子，不至于出门犯错误。

不料祸从口出，这多是嘴巴惹的祸。过去我姥姥爱说一条村谚："少说一句，能把你当哑巴卖了？"

不只是精英人生埋怨，每一头牲口都在感叹自己：吃的是驴料，干的是马活儿。

只有圣人说：哈利路亚，大家都不容易。

那么世界上的驴料让谁来吃？马回答说：让狗来吃。

鸡年岁末，狗年来临，狗不食素食。在一座房价是一线素质是二线的城市，我在与一匹牲口探讨"何谓诗意的生活"。四十年里，我一直熟悉局部的马语。小时候在马厩，长大后在小镇马市。

马的意思是说，它们都支持我的见解。马只管扣蹄而行。使命是扣蹄，再扣蹄。

前天读到一位罗马皇帝一段话，世上皇帝太多了，记不清是几世的皇帝说："我用西班牙语和上帝说话，用意大利语和女人说话，用法语和男人说话，用德语和马说话。"

他本是揶揄德语。读到后，我忽然想学习德语了。

前卫，前卫，驴

少年时看《聊斋志异》，不少着墨处都把驴称之为"卫"，《婴宁》里"家中人捉双卫来寻生"。驴又名"卫"，为何叫卫？我一直困惑。

大象出版社近年出版《全宋笔记》，看孙奕笔记《履斋示儿编》里面交代，驴是因为在卫地所产，故名卫。或卫灵公好乘驴车，故名卫。或魏晋名士卫玠好驴，故名卫。

因乡土因素，我倾向前一说。我笔下的北中原就属"卫"。在河以北。

物多以地而名之。如蔡地出龟，就叫蔡；冀北出良马，就称骥；卫地出驴，则名卫。北中原属卫，这样以后再讲评书也就说通了。《诗经》里"十五国风"的"卫风"起自我家门口。"风部"是古代北中原诗人的口语诗。

"策双卫来迎"，竟是来了两匹小驴子，近似古时仪仗队。

2

皮革类里，驴皮牛皮豹皮鳄鱼皮，都是世界上的好皮。

一次，为了拓展我的世界观，太太领我进郑州丹尼斯一间名牌店。我首次光临还不太适应，一时弄得眼花缭乱，不自觉露出乡下人那种"小薄皮"来。服务小姐要让我开眼界，也属热情鼓励促销。但我对名牌实在无知，不免出现误解。她拿着一个LV包包。

太太问我："知道什么是名牌吗?"

还好，我学过汉语拼音，这两个字母拼起来就念——"驴"。

太太有点不好意思，说，那叫路易威登。小姐被逗乐了，赞道："姐你开心吧，你家先生真幽默。"

以后，太太断然不再带我出来开眼界了。

但是我就是懂驴。

知道我住的地方长垣历史上出产一种名驴——三粉驴，它起于宋，盛于明。"长垣驴"是一个优良品种，在中原和"南阳牛"同誉，南北呼应。如果跨领域来比喻，就近似现代画坛上"南张北齐"。

这一点，那些能分辨出LV包的俗人绝对达不到。

我喜欢和先锋艺术家打交道。他们在死海里吹皱一池春水。他们新鲜的思想就像新鲜的蔬菜，清脆，异味；还像通明的阿胶，给人以营养。

前卫艺术家里的"前卫"是啥意思？我思后笑了，就是走在前面的一匹驴子，骟驴子。

老朱是我佩服的一位先锋艺术家，最近一次表演是在二七塔上的"掌灯行为"。我对河南的先锋朋友鼓励说，北京先锋艺术家敢在全国美展上拉出一头猪，身上烙满字母，表达文明冲突，我们也要牵出一匹驴，响一下。

天下所谓先锋，都是回归。另一种回归。

他们一直没有敢尝试驴，老朱对我说，先锋艺术在河南玩不转。农业大省，种麦可以。

老朱来自昆明，娶了河南媳妇。

老朱给我讲了一个和驴有关的故事。他说贵州那匹驴都知道，不说了，说到云南驴，茶马古道上的驴马除了驮茶还驮盐，食盐沉重，驴子们都不爱驮。驴子比马精明，途中往河里走，走一段才到岸上，盐就溶解掉一些，背上减轻了。有的驴子甚至待在水里，横竖不上岸。

赶驴者为了治驴，在驮盐前，先给驴子驮上棉花，下水一泡，成倍加重，以后再驮盐，驴子就老实了。

我觉得这云南驴和黄河边上的北中原驴对比，介于聪明与非聪明之间。

老朱最后也不解释，我好像也没听明白。

交=鸡

(限于局部的口音)

1

留香寨口语里，把家鸡泛称作"交"。日常使用是：喂交，杀交，买交，卖交，找交，交掉了。

具体到鸡性别上，还是称公鸡、母鸡。称呼小鸡，后面一定要带儿音，叫作"小鸡儿"。若再称作"小鸡鸡"，那就延伸为小男孩的生殖器昵称。

平时称呼道口烧鸡还多作"道口烧鸡"，很少称呼"道口烧交"的。节日走亲戚，最喜欢道口镇来客人，礼重的话会带一只鸽子般大小的道口烧鸡，用报纸裹着。在县内外影响上，"道口烧鸡"比道口书记名声要大。

孙老苍告诉我，县里成立斗鸡研究协会，要开始弘扬斗鸡文化。说中国四大斗鸡是中原斗鸡、漳州斗鸡、吐鲁番斗鸡、西双版纳斗鸡。

我说老苍舅，我又学到新知识了，过去只知道四大厨师之乡。

道口镇上骂人时，依然说"鸡巴毛"，不说"交巴毛"。

这是"鸡"在北中原口语里应用时的细微处，也是北中原话多解、不好学的魅力之一。

2

每年新春，姥姥要赊十来只小鸡，刚出炕的雏鸡头两天不能喂米，只可饮水。两天后把小米在碗里浸泡后再喂。半月后，姥姥会在小鸡身上一一染上颜色，红、蓝，怕不保险，又在鸡腿上系一缕小布条，好和别人家小鸡区分开。鸡腿上的颜色在时间里慢慢褪色，鸡也长大了。

鸡平时寻食时鸡爪上沾染的泥团鸡屎，会凝固成疙瘩，跑起来哒哒哒哒地响。姥姥喂鸡时把鸡食盆一敲，鸡群马上跑来，老远就传来响声，听起来像是巨大的马蹄阵阵。五十多年里，犹响耳边。

因为喂熟悉了，我姥姥纺线时小鸡们会在她腿上卧一排。有一天一只小鸡死了，姥姥惋惜不已。

鸡小时候睡筐里，长大后睡鸡窝。有人家不置鸡窝，干脆让鸡睡在树上。后来我知道，鸡在古代有两种睡法，一是睡鸡窝，一是上树，到现在一直没变。《诗经》里有"鸡栖于埘""鸡栖于桀"。埘，是在墙壁挖洞做成的鸡窝；桀，是鸡栖息的架子。

我家堵鸡窝口的共三块砖。到天黑，姥姥总是等鸡入窝，把鸡窝口最后一块砖垒上才放心回屋。

3

从乡村人对鸡的关切态度，我想这一口语称呼可能不是"交"，书面文字应该是"娇"。

一只北中原烧鸡的程序
(顺序不可颠倒)

烧鸡铺李老大如是言。

一、选鸡。使用生长期半年以上、两年以下的，重量一公斤到一公斤半的嫩鸡或成年鸡，不用病鸡、死鸡、残鸡。主要怕"吃出事儿"，坏了名声。最好小鸡时节是"鸡吃谷头鱼吃四"，我记着这一食鲜秘诀。

二、宰杀。刚收来的鸡一脸紧张相。如果不当紧卖，宰杀前最好在鸡圈里关一天，让其血液循环正常，有利于放血。杀鸡脖子，放净鸡血，鸡体不受伤，煮出来外形好看。

三、烫毛。宰杀后，马上浸烫去毛。水温不宜太高，时间不宜过长。若鸡皮烫伤，出锅后卖相不好看。

四、脱毛。按照从上到下的顺序，对一只白条鸡手工拔毛，依次进行，动作敏捷迅速，出手要快，脱毛一定干净。李老大一边拔鸡毛一边说，千万不能像老马家一毛不拔。老马欠他半年烧鸡钱。

五、造型。拨开洗净的白条鸡头，来个回头望月式。脖子、双腿、翅膀，三者进行巧妙穿插结合，把鸡体做成两头皆尖的半圆形，显得造型别致。为了饱满，鸡肚里填入一截四指长的秫秸段，一举两得。

六、着色。使用蜂蜜涂抹，放油锅里翻炸一分钟，将鸡炸至金黄色时捞出。

七、配料。全县烧鸡铺都不会透露具体量，种类有陈皮、肉蔻、良姜、丁香、砂仁、草果、白芷。李老大喜欢神秘性，说自家用的是老汤，由亲戚曶的道口义兴张老汤垫底，是乾隆年间老汤。我问过一次，不放馊啦? 他解释说每天加水。

八、烹煮。按顺序把鸡一只一只平放锅内，兑入老汤，放入大料。先武火煮沸，后改为文火，三小时后撇去浮油杂质，开始出锅。

九、捞鸡近似打仗收官，要保持好造型。李老大一手拿铁笊篱，一手拿长筷，从锅里轻轻捞出。

十、晾鸡。摆放在屋里竹篦上，控汤晾凉。防猫、老鼠、小孩。

十一、包鸡。这是外加的一项程序，我写过。李老大包鸡前要看一下报纸上面有没有毛主席照片，很是小心。

吃鸡与杀鸡者无关。姥姥养两只公鸡要杀一只。八月十五杀后，端给姥姥一只鸡腿，她不吃，说，昨天看着跑得活蹦乱跳的，今天却盛到碗里。我吃不下，你们吃吧。

在城市

施女士告诉我，近年流行动物热。她家门口开一动物店，叫"走进自然"。交五千元办理一张亲子年卡，每年家长可带领孩子统一到黄河滩游玩四次，在大人监护下，烧一次蚂蚱。施女士说，由于今年受疫情影响，不再外出，改为市内活动，有一种供孩子玩的游戏最受欢迎，叫"摸动物"。

一共五种动物，分别是兔子、猫、刺猬、小狗、小鸡，摸一次五十元，五种动物可以摸一遍，中间配有喂食活动，可人与小动物互动。摸时，孩子可以顺毛摸，之后再逆毛摸，可双手摸，可单手摸。小兔子被摸得舒服，眯缝着眼睛。

我不知是孩子委屈还是小动物们可怜，他们都没有听到过黄河大鱼游动。

觉得这些孩子的童年不如我，黄河滩撵兔子，看羊抵架，惹火烧身。但孩子们手机比我玩得好，我年过半百，至今还不会用抖音。

當他醒來時
黑羊還在
那裡仿作家蒙
特羅索句也
中原馮傑

黑山羊。我的毛皮是黑色的，我的声音是白色的，我的身子是黑夜的
一部分。我是白天的局部，在一个无秩序的世间。我也是卡尔维诺笔
下行走的黑羊。
时在庚子初秋，凌句写羊，冯杰记。
当他醒来时，黑羊还在那里。仿作家蒙特罗索句也。中原冯杰。

墨山

我的毛皮是黑色的
家的聲音是白色的我
的身子是黑夜的一部
分我是白天的局部在
一個無秩序的世間家
也是卡爾維諾筆下行
走的黑羊時在庚子初秋
凌曰寫 馮傑記

伪御风图。
为了生活，毕竟当驴子不能当列子。庚子初，冯杰一哂。

宋初，制定券马、省马、马社和括马四项。凡收市马，戎人驱马至边，总数十、百为一券，曰券马。州县置马至京师曰省马。驻军设买马曰马社。由民间收配军队称括买。宋官方收马分两种，一为战马，二为羁縻马，前者产西部，后者产西南。宋代皇帝御马分三等，马的皮毛颜色分九十二种。御马有左右骐骥院管理，专设马官也。

录宋马史一如手抄马饲料也，冯杰记于庚子初春。时在郑州纸上养马一匹，不食草料也。

宋人诗也。世求骏马事驱驰，我买人间钝马骑。不是爱它行路好〔稳〕，好山多处要寻诗。

猪说我从不自嘲
譬如乞力马扎
罗山的雪海明威
只写豹的子为啥
不写猪

画家不知故写之
猪年来临也
冯杰一哂

花冷能避暑
叶绿可纳凉
吃饱能入睡
未曾嫌糟糠
亦不搞串联
亦不去上访
亦不微信群
亦不议宪章
屠夫赞曰好猪一匹也
冯杰又戏补白

猪说：我从不自嘲。譬如《乞力马扎罗山的雪》海明威只写豹子，为啥不写猪？画家不知，故写之。猪年来临也，冯杰一哂。

花冷能避暑，叶绿可纳凉，吃饱能入睡，未曾嫌糟糠。亦不搞串联，亦不去上访，亦不微信群，亦不议宪章。屠夫赞曰"好猪一匹也"。冯杰又戏，补白。

孙九仓

——杏林和书法或者乡村赤脚医生的逸事

1

刚过谷雨，老舅自村里打来电话，开门见山，让我为孙九仓写一幅字："九仓听别人说你会写字，一定给他写一幅悬挂起来，刚盖的堂屋，要装装门面。"

紧接着，舅发来"与时俱进"之类字样供参考。

一时恍惚，这才忽然想起那一位"孙九仓"。

2

孙九仓是村里唯一的赤脚医生。全村从南到北，谁家有个头疼发热，全由他一人奔忙穿梭。我姥姥每次有病，多是他来家里张罗。号脉、开药、输液、打针。

姥姥说，这九仓是我二姥娘娘家的一个外甥，论辈分我该喊他舅。

在村里我感冒了，请他来打针。平时我对待看病态度，怕打针不怕吃药，世上再苦之药我都能服下，哪怕揉成一斤重的大药丸，照吃不误；最怕打针，再细的针头见到都会骤然觳觫，像老鼠见猫，腿先软了。尤其害怕擦棉球和落针尖之间的空当儿，会皮肉发紧，惊恐万状。医生说这是典型的"晕针"反应，严重了还会昏倒。

孙九仓知道我晕针，有一次打针前还安慰，说不要怕，这次打的是一支"甜针儿"。

我父亲说，医生打针推的速度越慢越不疼，缺点是患者会感觉时间超长；若推的速度快，时间短却疼。这有点矛盾。

有一次孙九仓冬天来打针，我觳觫之后脱下裤子，单听吭哧一声，针头端下来，觉得粗若橡檩。开始静水深流，直打得我屁股生疼，双腿半天站不住。他边打针我边骂："鸡巴九仓，鸡巴九仓！"结果是下一次他下手更重，速度倍增。他以行动对我语言报复。

从此结下梁子。每次在胡同口、村口见他晃动影子，骂一声我马上会躲得远远的。他见到我老远就吆喝："这小鸡巴孩儿咋又来啦！"

这样，两个大小器物在口语里一时持平。

3

公元 1970 年，我国第一颗人造卫星上了天，天上还演奏了《东方红》。

村里一共有两位医学界人士，一位是孙九仓，主抓西医；另一位胡半仙，我该叫俊牛舅，自学中医，譬如白茅根熬水治流鼻血一方就是他传授我的，受益终生。在双方学术观点上，西医说中医只是"野仙儿"。

有一年，我姥姥病了，是得一种叫"羊毛疔"的病，上吐下泻。全家恐慌，围着团团转。先请来中医胡半仙，几天后没见好转，又从长垣城请来医生。我父亲说，让九仓也来看看吧。

孙九仓光临我家，刚来院里还没进堂屋，远远见到屋里有别的医生在晃动，扭头要走，被站在院里的舅们拉住，表示不满。九仓说："两个医生不碰头。"意思是请来一位就不能再请他人，这是行内规矩。我妈对这位老表说，这规矩现在不兴啦，郑州大医院还请多位医生在一块儿共同会诊，今儿个是让你来治病的，不是"拿架"的。

许多年里，村里医学界一直坚持这一固执习惯。

那一次，孙九仓好歹是到最后没有走。

孙九仓行医时，我记得他坐定，先掏出一支体温计，在手中甩甩，一线白色的水银下沉，沉到我心底。

4

我对老舅说，你让写的这些词社会上太流行，再说也不符合孙九仓的医生身份。

老舅说，那你想个好词儿。

我说，写个"杏林春风"或"杏林春满"吧。

老舅紧着问啥意思，是说村里当年杏树多？

我说，这"杏林"二字有典故，并非实指，专指中医良医之类。

我是尽力去想出来天下的好词儿，尽管孙九仓为我打针手重，打得奇疼，词儿里面也包含一点春风暖意。何况当年还有"甜针儿"一说。这些语言都貌似安神压惊，起到话疗的作用，近似弗洛伊德。孙九仓更多像是在普及"医者仁术"。

回想起来，屁股上打了那么多针，"甜针儿"这一个新词倒像是他独创。

煤土·接近煤的近亲

（生活元素）

1

日常生活里，打煤球或和煤浆时，必须加入一种胶泥，在小镇称呼里叫"煤土"。

煤土还是土，连上一个"煤"字，有"煤的土"意味，显得离温暖和火苗亲近一些。

生活里光烧煤不行，太奢侈。火焰一高兴风箱就不计成本，快速猛烈，太浪费煤炭。要减少成本，降低消耗。我父亲说，全使用煤还会造成煤和煤之间不粘黏，煤块容易开裂。

2

父亲最早带我到黄河边马寨渡口拉过煤，回来路上难得遇见一股龙卷风。这是我第一次见到一个会冲天而上的庞然大物。多年后想起来，像苍龙吸水。

一年四季里，煤更多是父亲从小镇煤场上拉来，堆在院子里，盖一张塑料布。母亲赶紧借来一柄打煤球机器（这称呼有点夸张，实际是铁焊的一种简单工具，科技含量并不高）。一柄打煤球机器，需要手按或脚蹬，全家人轮番上阵打煤球。

煤土需要量小时，我自己挎篮去寻找煤土。需要大量煤土靠父亲拉着架子车，穿过一道黄河大堤，到堤东河滩里去挖。一次用不完堆在家里下次备用。

煤土属于黏泥，好处是可蘸唾沫"摔胶泥"。

3

全镇一百户人家都在煤里加土，混合成煤土。家家存煤量都少，担心春节提前把煤烧完，不敢尽情大烧。邻居小四他娘对我母亲说，俺家要是皇帝金灶台，就不用害怕了，敢天天烧煤。

村里烧柴火人家多，也有不加煤土纯粹烧煤者，是王铁匠打铁铺那尊铁炉子。像一方黑脸膛张着红嘴，风箱呼嗒呼嗒响起，关键时刻添上一铲煤核，立马噼噼啪啪，尽情燃烧，红色火苗大胆表达出来蓝色。

我姐那一年在鹤壁煤矿上当临时工，她见过成车大块好煤，说公家的火炉烧煤大方。

对于一堆煤来说，有原色土的加入，才联合叫"煤土"，火苗烧起来颜色显得稳重。不像王铁匠炉子里的焰火，瞬间嚣张，噼里啪啦一阵就算过完一生。煤加土，才有韧性后劲。

有点类似某某人家不会过日子，我姥姥说"过今儿不说明儿"，这类人家，前半年里天天吃白米干饭红烧肉，后半年里喝刷锅水或内容待定。

4

节后去安阳串亲戚，无意中知道"煤土"还另有隐喻。几个老表谈话里有"卖煤土哎耶"的话题，一问，大家都笑，这是安阳人的幽默，人死了埋在土中，就是"卖煤土"。日常状态语里竟包含生死。

一位老表说，百年后掘出，说不定骨头上也刻有字呢。

欢乐器

1

民办教师孙百文来我家串门说闲话。

他说，中国"四大发明"里主要有火药，传到外国，洋人们升华之后造枪造炮，反过来"馈赠"我们，打开国门。

每年进入正月，我二大爷组合村里相关"科技人员"，在此基础上配制了起火。原料是火药、纸张、定方向的芦苇秆。点时用手捏着，再放飞天空。那年头，近似乡村航天工程。

我不敢捏，就把一支起火插在沙土上，效果是一样的。目的都是升天，但看轨道。

他说这也算是一种发明，叫乡村"欢乐器"。在正月十五元宵节里全村人民广泛使用，主要目的是娱乐。

2

后看《金瓶梅》，有单说元宵节放起火那一段：

一丈五高花桩，四围下山棚热闹。最

> 高处一只仙鹤，口里衔一封丹书，乃是一
> 枝起火，起去莘山律一道寒光，直钻透斗
> 牛边。然后正中一个西瓜炮进开，四下里
> 人物皆着，醋剥剥万个轰雷皆燎彻。

里面有相同的"一枝起火"。

　　这样一对比，我才知道二大爷永远是比不过西门庆家的起火。兰陵笑笑生对奥运会烟火公司里的艺术家策划开幕式很有启发。

3

　　进入新时代，大河之北雾霾。全村禁放烟火。

物以類
聚人以羣分
器以凳分
家具四人帮乎
馮傑鈐後又晒也

乡村英豪今何在。
庚子初秋，过乡村见此小景也，当为晒语耳。冯杰记事。
物以类聚，人以群分，器以凳分。家具"四人帮"乎？冯杰钤后又晒也。

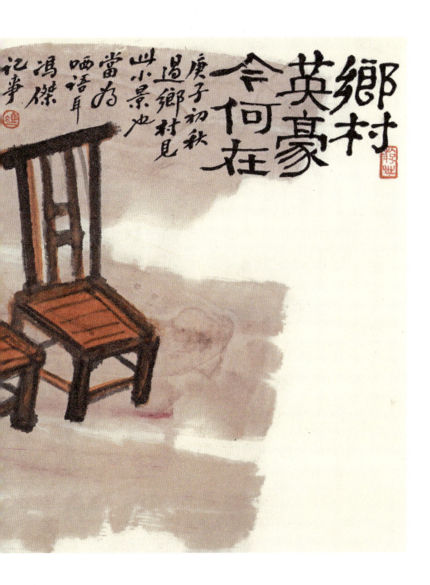

鄉村英豪今何在

庚子初秋過鄉村見此小景也當為哂語耳記事 馮傑

气息

霜降访姜
——关于一次气味的旅行

把其他的草木植物相邀推辞了，专门抽出一天时间要访姜。寻访一种味道。

豫北怀庆府有"四大怀药"，计为怀菊花、怀山药、怀牛膝、怀地黄。不知道竟还有"怀姜"？中州万物大凡一入怀庆府，都要带"怀"。人也要"坐怀"。

首次知道"怀姜"一说时，思想随即发远。人便亦是"怀人"，想起小时候乡村集会上姥爷买的姜片。那一天清晨，露水时光里，一包姜片薄如黄铜片，包在一方黄草纸里，我捏一片，含在嘴里可以走十里乡路。一路短暂的姜气，就是一辈子漫长的姜气。

姥姥说姜片治咳嗽，寒冬夜半，她常常从草纸里给我摸出一片姜，含到天亮。

在我家一方灶台全部的气息里，有葱、姜、蒜、花椒，姜是那几种味道里的唯一一种正气。

我曾经记录过少年时在自家院里种姜的过程，春天栽下，秋天收获，成果"很瘦"。姥爷给我说过"姜够本"的乡谚，即使来年再不长新姜，原姜"老母"依然在。我写文字纪念过这一细节。

今年霜降这一天，本是约见"姜"日，不料一场雨把姜事改变了。农事有约定俗成的规矩，时间早了晚了都不恰当，成姜必须降霜后方可收获。

怀庆府博爱县的人说，中原最好的姜是这一块领地产的姜。话语里是自信的口气。如果霜降这天不下雨，我会看到全村人拔姜的壮观景象，近似一场小型"乡村姜运动"。

随手还拔一束新鲜姜棵子给我展示。泥土里露出新姜的紫芽。

我询问姜的深加工，主人说，村里有四五家都在做手工姜糖膏。姜糖膏的传承是来自他们奶奶辈的手艺。没有固定比例，都是靠感觉，手把手传下来的。可以说靠独有的手温。

窗外下着细雨。小作坊里，主人在专注地手工表演，几道工序完毕后，他在我面前冲一杯姜糖膏水，在霜降的寒气里姜气弥漫。我看到里面有大枣、冰糖、枸杞，埋头喝下去，有时光倒流的味道。我想起北中原集会那天早上的那包姜片，薄如黄铜片。

在蒙蒙细雨里，我又拔了一束新姜，要带回写生。我画过江没有画过姜，我画过江山还没有画过姜块。画史里，我知道扬州八怪之一的李鱓画过姜。

一路上便有了姜的体会。

约我同行的是"大树空间"书店的主人张娇、诗人青青。女士们富有文化创意，有改造局部世界的理想，说回去后要专门制作一种手工怀姜糖膏，专供全市女士饮用，让我题字。

一路探讨创意。我刚刚听过怀庆府传承故事，张娇让我起一个产品名字，最好显得温馨一点。我说四川豆酱有"老干妈"，很亲切，咱们不妨叫"奶奶的姜糖膏"。

她想想，说，不雅。

我想想，说，那干脆就叫"他奶奶的姜糖膏"。

补遗篇：我想起马老六评书里的卖姜人

卫河畔道口镇有一位老汉，据说卖姜卖了三十多年，气色不改。有人就问这老家伙家住哪里。老家伙说，绕过明福寺，往西南走一百三十里路，你们要是不嫌远，有空不妨去坐坐，喝一碗姜茶。

大家笑了，跑那么远就为喝一碗姜茶？

姜老翁说，我的不是一般姜茶。

有一天，卖姜老翁挑着筐卖姜，走到一面街的茶肆里喝茶。一团蓝色影子飘来，一个蓝袍道士从卫河码头船上下来，也走进去喝茶。那道士坐在卖姜者对过，点了一碗茶，直截了当说，我是白马酸枣人，咱也算同乡啦！我在天津卫修炼了一辈子黄白之术，只有德行者我才传授。我都留意你二十年了，你一直在道口卖姜，不改旧操，实在难得啊，我决定把黄白术传授与你。

卖姜人看着道士微笑，问，你是说这样吗？

他转身从挑的姜筐里拿出一块生姜，放在嘴里含着。等再从嘴里拿出来，是一块黄金。

他笑着对道士说，我都有此术了，还在道口一直卖姜，你有啥黄白术？

那位道士放下茶碗，一言不发，急急向码头方向走了。我二大爷说，那人到北京去了。

吃错药帖

药理面前，药药平等。

一味药自身无对错好坏，无门第之别，关键看对症否。人参和胡萝卜一样处世标准。一服中药有无疗效，取决于"药理制度的合理性建设"（提法初看有点眩晕）。药材次要，主要是取决于吃药者心情好坏。林黛玉没病也坚持日常吃药，以便达到身体平衡。我认为每一味中药都是一味唯心主义者的引子，有的小喷嚏要打出来，有的小喷嚏要守住，不打出来照样也能保持全身气运贯通。

那一年那一天，见到你之后，"吃错药"成为一句带刺的泼皮话。

童年吃药不分对错。有时小灾小病，离县城远，我姥姥相信神药，就近到邻村东留香寨庙里祷告一番。东西俩村同供一个老奶庙，一个核心的神，管辖俩村。烧香之后，叠一张黄表纸开始摇晃，几圈下来，神药降临。在烟熏火燎的小庙环境之中会求到些许灰末，急忙把药包好，返回西村，在家里就水喝下去。我们姊妹四个都是服姥姥的神药。

不是医到病除，更多是"意到病除"。病是很快好了。乡土神的暗示性大于甘草药性。

历史上吃错药的人多。一种药主要使用范围在中原"竹林七贤"之间，名士服用五石散属"吃错药"。明知药错也要吃，是一种时代流行。流行的东西中国人多不拒绝。主义多来自西方，如流行运动，流行思想，流行做同一个梦。

五石散主要成分是矿物质药材：钟乳、硫黄、白石英、紫石英、赤石脂。服药后心热，一腔激情涌心头，多会通宵叫嚷，要写诗，要抒情，要发表社论，上《百家讲坛》。

　　唐宋以后先锋艺术家细心，看到前朝因吃错药死那么多名士，不敢再服用五石散。李白顶多豪饮。从此宣告服药游戏结束，宋人不再大吃生猛海鲜，他们开始转素，多吃"汤饼"。

　　历史上人民一直期待良医光临，如孙思邈、张仲景，而政治家更多是"吃错药"。最关键时刻都是那一时那一刻。摇摇摆摆，药端来了，却向最糟糕之处拐弯的。这不怨那一对蟋蟀药引。

　　会想到你，还想到你说我"吃错药"。

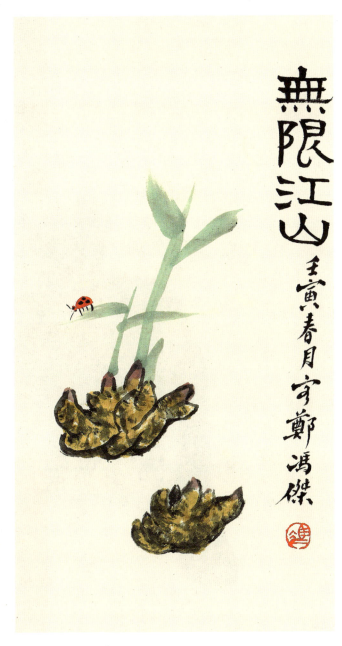

无限江山。
壬寅春月客郑，冯杰。

桔色的黄昏

一個帶著顏色的
故事姍姍而至牠越
位了而後融入藍色
的星空 庚子秋宵
於鄭也 中原馮傑

橘色的黄昏。
一个带着颜色的故
事姍姍而至，它越
位了，而后融入蓝
色的星空。庚子秋
客于郑也。中原冯
杰。

荤食

吃"黄金六两"

中国称谓文化里，万物皆有名堂，猪敬称为"乌将军"或"黑面郎君"。《西游记》热播后，有几位好事者调查，扒拉出手机发给我看，说《西游记》里得分最高、最受女士青睐者，不是孙猴子、唐僧肉，而是猪八戒。上榜理由是乌将军体贴女人、呵护女人、会哄女人，爱情主义至上。

一个热搞起哄的年代全是为了热闹。

从世俗香的程度上，猪肉属于肉中至上。它香得油腻，吃多了让你有肉醉之感，其他肉则没有。

立春那天，豫菜界李大师特约品赏"黄金宴"，说是先要尝"黄金六两"。猛一听像是吞金自尽，掠过一丝疑惑。我在农行供过职，知道当天黄金一盎司一千五百美金。

上座后，上碟子、上筷子、上知识，知道"黄金六两"是对猪肉局部美誉，食材专指猪后颈一块肉。猪后颈肉叫血脖子肉，过去民间都忽视扔掉不吃。李大师说，这一部分肥瘦结合，是好食材，厨师制作时掺上面粉，要用木槌敲打，直到透明为止。

这一位置连接肩胛骨和后颈，支撑猪的正常头部运动。一头猪拥有将军肚，很少主动健身锻炼身体，只有此处频繁摇头活动，既有肥肉又有瘦肉，还有一些筋，具有肉类所有优点，做出来味道独特，肥而不腻，咀嚼性强。

过去在乡村集市卖肉摊上，只有少数"吃嘴猴"才知道这块肉的好。

一整头猪只出六两肉，近似炼金术。我姥爷讲清朝野史，说年羹尧奢侈用白菜的故事，一大车白菜只剥到最后一碗白菜心。

这块猪肉过去只能供皇帝使用，大臣不敢吃，又叫"禁脔"。

苏东坡有句"尝项上之一脔，如嚼霜前之两螯"，意思是吃肉只选猪颈后部那一小块肉，此处最好。吃螃蟹只选秋风起霜冻前最肥美的螃蟹两只大螯，此脚最好。吃其他部位都是下策。

宴后去查找"禁脔"来历。东晋初期，肉食贫乏，所食量少质粗，达官贵人也难吃到肉，视猪肉为珍品。每杀一头猪，先割下猪颈上这块肉，送给晋元帝。大家意见统一，认为猪颈上的肉肥美异常，属珍膳极品，只有皇帝才配品尝，群臣百官只配咽唾沫，不敢私自享用，时人称为"禁脔"。后世以此比喻他人不得染指之物，或直接比喻珍美肴馔。

孝武帝替自己女儿求婿谢混。谢混也算诗人。现在诗人不敢起这样的混名字。孝武帝死后，袁山松想让谢混做自己的女婿，戏说："卿莫近禁脔。"苏东坡发笑。后来他引用了这两句。

我平时写文章，自认妙笔生花时要做谦虚状，偶尔也会用上一次"尝鼎一脔"这个词，它香气扑鼻，鼎里煮的可是这一脔。但这词用多了会显得酸了。

鸡吃三尖
(常识存目)

有些学问必须是逃学期间才能得来。如花半天时间专门为看李老大杀鸡。鸡毛拔净后，他把手洗净、擦干，才开始教我食诀。

问我，平时如何吃烧鸡？

这还用问，不是用嘴吃？

他说，先别打岔。从经验上说，我煮了四十年烧鸡，吃烧鸡一定要吃"三尖"。哪三尖？鸡头，鸡翅，鸡屁股。三尖又叫"三鲜"。

李老大补充说，光好吃鸡肉根本不能算吃鸡行家。

有了吃鸡标准，道口的亲戚以后送来烧鸡，我记着这个吃法，养成吃鸡的标准习惯。吃了这"三尖"后，不再想吃鸡肉了。

可惜这种机会不多。道口的亲戚们都是清廉世家，不常送鸡。荤礼多为油馍。

上高中后我改变此一观念。同学们每次凑钱一块儿吃鸡时，同桌宋四豆都会说鸡屁股致癌，不能吃。他说自己读课外知识书多，知道食物相克的道理。

后来，我把这一道理说给李老大听了。

一个人有了经验，他会像是一块在鸡汤里煮不烂的老干姜，如何煮都有味道。他笑了，说那是宋四豆自己想吃又怕别人争吃，专门糊弄你。我吃了一辈子鸡屁股，也没吃成癌。你们一块儿吃鸡时最后见过鸡屁股吗？

我一时想不起来，连骨头都嚼碎咽下了，其他部位根本看不清。

他对我说，下次再吃鸡时，你要紧盯着他，看鸡屁股在他嘴里是如何"致癌"的。

看竹吃肉斋

1

作家经常在纸上设斋建堂，虚虚实实，这些建筑都不可当真，百步堂说不定也就三平方。好在这类工程不经城建局审批，不用办营业执照，随口而言，信口开河，河水泛滥。

好的标准是苏东坡说的"无竹令人俗，无肉令人瘦"。

我增加为最好是"竹肉皆有堂"。

文人的中国梦，是先要建筑一座"看竹吃肉堂"或"吃肉看竹堂"。

2

乙未属羊。暮春时节，荷翁在卫河畔筑斋，占地一亩，要起一个书房名字，拟叫"草木堂"。我说，这个不响亮，我给你想一个石破天惊的书房名。以你这行文拖泥带水的风格，应该叫"除不吃大肉外其他和山羊口味都相同堂"。名字虽长却有内涵，概括了草木精神。他揣摩一阵，说好，就这样。

他夫人说，恐怕这是世界上最长的书房名。

我墨蘸饱，字写得庙堂气十足，挂在老街胡同高处，至今使用三年。初春，街道城管要求招牌统一规划，还不让高出三米，整顿时去掉了。

我对他说，招牌里有苏东坡思想的精华。

黑白之间，知白守黑。

知雄守雌，知白守黑，知荣守辱。知其白，守其黑，为天下式。老子语也。

世有三千相，唯知白守黑也。吾喂山羊，一黑一白，啥也没有。

戊戌岁末客于郑也，中原冯杰一哂矣。

大吉祥。

丹鸡被华采，双距如锋芒。汉刘桢诗句也。壬寅初，中原冯杰。

十二匹老虎在耳语

老虎也有细嗅蔷薇的时候。

——题记

A 北中原姥姥的老虎

老虎，最早是一匹走动在留香寨月夜和传说里的老虎。

在摇晃的蒲扇里，听姥姥讲老虎报恩故事。一行医人暮晚路上行走，一老虎挡住去路，张着血盆大嘴。人问，要吃我吗？老虎摇摇头。那人要走，老虎不放。人就仔细看，原来虎口里卡着一支银簪，那行医人从虎嘴里把银簪掏出来，老虎咆哮而去。这人回到家中，夜半，忽听院外虎啸，又听扑通一声，归于宁静。第二天看，院里丢下一头肥猪。

故事还没结束，我就自作聪明喊道："猪是老虎衔来的。"

姥姥赞扬："真能。"

多年后我在古人笔记里找到几种源头，都属老虎报恩的同类项，只是所衔的食材不同，虎送鹿肉不是猪肉。北中原不产鹿只养猪，姥姥把动物本土化了，愈发亲切，这是民间文学家的技巧。

春节前，我围着姥爷看他写春联，其中一条"虎行雪地梅花五，鹤立霜田竹叶三"，姥爷说"虎义，狼贪，豹廉"。长大后知道乡村有对动物判断的民间立场。

自从有了簪子的馈报，我也想在乡村路上遇见一匹嘴里含簪的老虎，那样春节前姥爷就不用到高平集上买肉了。半世纪过去，除了路上遇到队长搜身查看偷玉米否，一直没遇到含簪的老虎。后来，见到更多穿品牌戴面具的老虎。

北中原老虎云集。庙会上，有卖虎中堂的民间画家，麻绳上悬挂着许多张老虎，垂吊的老虎在寒风里几乎冻死。画家告诉我，属虎者家里一定要挂上山虎，辟邪，不要挂下山虎，吃人。凡下山虎都是肚饿的缘故。

留香寨村有位画家叫孙九皋，平常喜欢抄手在村里走动，看谁家墙上适合，马上开画，有点行为艺术，像五代时期杨凝式喜欢见壁题字一样，都属艺术家一种毛病。一天，他相中我家青墙，即兴用白石灰画一匹白老虎，从东到西，占满一墙。青墙白虎，分外显眼，"怎当他临去秋波那一转"。村里每天收工，人和疲惫的牲口蹒跚归来，远远会看到那匹老虎，人畜为之精神一振。

乡村夜晚，白虎在月光里走动，我看到斑驳虎影，立志长大要当画家，卖钱或镇邪。

我走到社会上，知道画虎最著名不是集会上外村的画虎艺人，也不是我村的孙九皋，而是一个远在天边的张善孖，画家张大千他哥，号"虎痴"，为画虎专养一匹老虎，走到哪儿牵到哪儿，赴宴时老虎蹲旁边，宴上客人一边和他喝酒，一边要看老虎表情，手抖往往忘记叨菜。

有一年村里媒人要给我说个媳妇，一问属相，对方属虎。村中宰相孙半仙对我姥姥说龙虎相斗，八字不合。后来看那属虎姑娘好看，还长一对小虎牙。我姥姥说，这不算啥大事，东庄庙上肯定会有破法。哪知人家虎妞看到我家迷信，经济条件不好且还瞎讲究，虎牙一收，姻缘告吹。让我一直怀念那对小虎牙。

眼看我年龄要过岗有打光棍危险，媒人又说一位媳妇属小龙，庙上师父又说"一床上不卧二龙"。我姥姥马上纠正，说小龙不是龙，是蛇、是长虫。

古人立下规矩，十二生肖不能一锅里吃大杂烩，譬如"老虎一声吼，兔子抖三抖"，譬如"自古白马犯青牛"，譬如"猪猴不到头"，都是主张家庭阶级斗争的。我的百科常识来源于庙会上老虎的耳语，包括虎须功能。孙半仙还说，虎须可治牙疼，趁热插在牙齿间即愈。我听起来像说他自己冬天喝粥。

我父亲的职业是乡村会计，为全家生计一辈子谨小慎微，唯恐错账。他对我说过"玩钱如玩虎"。老虎成了另一种生活隐喻。

B　虎史档案抄

我逐渐长成为雄性动物，三十一岁前没见过老虎。我父亲当年告诉我，画画只管"比猫画虎"。我最早临摹刘继卣、刘奎龄父子的老虎，我最早听到老师竟讲"老虎属猫科"时，我第一次为老虎笑了。

翻看老虎年度报告如下：

现代虎祖先是一种叫"中国古猫"的小型食肉类，大约在距今三百万年的更新世后在地球上出现，与人类出现时间接近，有可能与人类祖先蓝田人一起生活过，古猫看到过蓝田人烤肉。由于气候变迁，虎从发源地向亚洲各地扩散，向西经中亚抵伊朗、高加索，没有过阿拉伯沙漠进入非洲，没有越高加索山脉进入欧洲；一支又分成两个分支，一支进入朝鲜半岛，受阻海峡，未能踏上日本列岛；另一支通过华北华中华南，进入中南半岛。又分成两股，一股通过缅甸、孟加拉国，直抵印度半岛；另一股沿马来西亚半岛，携妇将子，渡过马六甲海峡，登上印度尼西亚苏门答腊、爪哇岛。但老虎始终没有游过台湾海峡。俗老虎走进同仁堂虎骨膏药里，消化在人间百味；雅老虎走向国家的国徽上旗帜上，不再下来。

1975年我十一岁，在北中原濮阳发掘出一匹蚌壳塑就的"中华第一虎"，蚌壳老虎距今有六七千年历史。老虎曾在北中原大地行走，我小时虽没见过虎，可一直穿虎头鞋，戴虎头帽，系虎兜肚。

猫在显微镜下放大一百倍是虎。虎体态雄伟，强壮高大，毛色绮丽，呈黄到红色渐变，有深色条纹。老虎头圆，吻宽，眼大，嘴边长着白色间有黑色的长而硬的须，颈部粗而短，与肩部同宽，四肢强健，犬齿和爪锋利，腹面及四肢内侧为白色，背面有双行的黑色纵纹，尾上约有十个黑环，眼上方有一个白色禁区，故有"吊睛白额虎"之称，当年武松打死的就是这种。老虎前额黑纹让王羲之写下一个"王"字，正是有这年号，才能誉为"山中之王""兽中之王"。旗帜象征性多重要啊，战场上也多以斩旗为胜。

老虎一直所向无敌，连村里哄孩子大人都牵出老虎来欺骗童真，"再哭，老麻虎要来。"马上止哭。老虎也有短板。段成式在《酉阳杂俎》里透露："猬见虎，则跳入虎耳。"老虎怕刺猬。兽王有漏洞。我没机会验证，只是看后质疑，虎耳朵有那么辽阔吗？能像一泊"虎湖"？

C 施耐庵的本土虎知识

我没当上画家，先当了作家。两者其实都属于手艺人。知道中国作家里要数施耐庵迷恋老虎。

他文字娴熟，指导着武松如何躲避，如何挥拳，如何布置月色，如何打虎。施耐庵避免了武松被大虫吃掉，不是哨棒和拳头。

施作家一直有老虎情结，除了让武松、李逵打虎，又轰赶出来方圆百里区域内老虎纷纷走动，一百〇八将里十二人冠以虎名，占百分之十还多——打虎将李忠、笑面虎朱富、青眼虎李云、插翅虎雷横、锦毛虎燕顺、矮脚虎王英、跳涧虎陈达、花项虎龚旺、中箭虎丁得孙、金眼彪施恩、病大虫薛永、母大虫顾大嫂。男虎女虎皆有，其中"彪""大虫"都是虎的笔名。

那位横行京城泼皮牛二也是"没毛大虫"。

乡谚说"三斑出一鹞，三虎出一彪"。鹞是雀鹰俗称，小时候见过鹞抓小鸡，鹞子借窝孵化，出来后把小鸠吃掉，近似"鸠占鹊巢"。《癸辛杂识》载"虎生三子，必有一彪"，"彪最犷恶，能食虎子也"。"彪"排在虎豹之间，列强顺序为"龙虎彪豹"。俗话还说"九狗一獒，三虎一彪"，一窝狗中最凶的为獒，虎崽中最凶悍的一只虎是"彪"，是"老虎中的老虎"。

一般人看不到彪。清朝六品武官服上有一"彪"形动物，可推测到彪不生活在山野，多游走仕途官场。属于不存在的虚构老虎。

D　博尔赫斯在建筑一匹空虚的老虎

虎不同人，没有国界之分，它不办出境证也可自由穿越国境。没有前科，留下虎蹄不留档案。

美洲不产老虎，它当年没游过白令海峡，造成博尔赫斯最后到失明也没见过老虎。他经常把美洲豹当作老虎使用，一生误读老虎。博尔赫斯坐在图书馆里，镜子相互折射老虎，他用自己的文字在梳理别人的虎皮。

譬如"我看见了无穷无尽的过程，我由于领悟了一切，也领悟了老虎身上的文字"。

譬如"虎是为了爱而存在的"。

譬如"我既有无限的力量，便可以造出一只老虎"。

譬如"我们要寻找第三只老虎。这一只像别的一样会成为我梦幻的一个形式，人类词语的一种组合"。

譬如"我脱下外衣，躺在床上，重新做老虎的梦"。

他知道作家和老虎的距离。他说"庄子梦虎，梦中他成了一只老虎"，这样的比喻就没有什么寓意可言了。蝴蝶有种优雅、稍纵即逝的诗质。如果人生真的是一场梦，那么用来暗示的最佳比喻就是蝴蝶。

人生一如梦中蝴蝶虚幻。

博尔赫斯终于自己成了一只语言斑斓的老虎，实现了他童年的老虎梦。这一只"老虎中的老虎"最后变成"作家中的作家"。晚年失明，眼里只剩下唯一的金色。掀开虎皮，我看到博尔赫斯就是文学里的那一只"彪"。

E　高丽老虎的肉醉

　　我跟随一位朝鲜族姑娘到过边城集安，去高句丽遗址拜谒好大王石碑。这是世上有书法价值的最大一块石碑。细雨里买了一张不知真假的"好大王碑"局部拓片。拓片在收藏界有"黑老虎"之称，在高句丽遗址壁画上偏偏有一只白虎对应。田野里玉米碧绿在拔节受孕。白虎涉水，铁网阻拦。从遗址看对岸猛于虎。

　　老虎是朝鲜人崇拜的神。我童年在北中原乡下看电影《奇袭白虎团》，里面缴获一面白虎图案。第一次知道世上还有白老虎。白虎掺和到黄虎颜色里，基因突变，造成乱色。其实朝鲜虎和中国东北虎同源，汉城当年奥运会，虎被选为吉祥物。朝鲜神话中虎想化为人，太阳神为考验它，让它在洞穴过一百天，只允许吃大蒜。老虎等不及一百天，未能实现心愿。可见大蒜对老虎的重要性。虎口并不想满嘴死蒜气，这一点和河南人口味不一样。长白山东北人祭祀山神，多杀猪备酒，焚香上供，却不知老虎更喜欢吃牛肉、羊肉。它并不适合狗肉，吃狗必醉，故有"狗是老虎的酒"一说。猪肉也不对老虎口味，吃猪必瘫。因为猪肉狗肉太香太腻，我有春节吃红烧肉出现"肉醉"之感，这曾是童年的簪子理想。

　　天下事物不可太奢，要少吃猪肉和狗肉。

　　东北人猎虎经是"若见虎卧，勿动。即告众。若见虎奔，则勿停，追而射之"，近似游击战"十六字方针"。现在打虎则判重刑。老虎来到当下河南，大家开始纸上打虎，把老虎用四尺三裁的形式瓜分卖掉。我去过庄子的故乡河南民权县，画虎村把画虎当成产业，批发零售，贩卖虎肉。我看到有人专画老虎屁股，有人专画老虎腰，有人专画老虎头，有人专画老虎尾巴，甚至专画老虎胡子或斑纹。流水作业，迅速准确，手机录像，最后组成一只完整老虎。全村形成画虎产业链，远销海内外，"老虎"供不应求，可见社会上老虎需求量之大。村长对我说，全村出现五十位画虎画家、五位"画虎王"。实为画坛所未闻也。

这是庄子当年没有想到的。他只梦蝶没梦虎。庄子为了配合博尔赫斯。

F 岭南老虎。古典的警世

我少年时还临过"岭南派"高剑父、高奇峰画的虎样。岭南派多留日，老虎毛皮质感，身上带着月色和星光。

辛丑金秋，我和晓林从中原来到岭南，在广东佛山联办画展，清远朋友相邀去吃著名的清远鸡。上鸡前，看到一则虎事与佛山和清远都有关联，觉得有趣，"我佛山人"吴趼人写故乡遗事《趼廛笔记》。

他说清远一老翁，带儿子到佛山兜售一副完整虎骨，"既得售主，交易毕，翁抚所获金而悲"。别人问何事所悲，他潸然曰："此虎已伤吾家三口，几灭门，幸而有今日，是以悲耳！"老人两个儿子，"长子死于虎，长子妇馌于田（给种田人送饭），亦死于虎"，老伴有一天进山打柴不归，邻居在山脚发现她的衣服，"血犹渗渗也"，也被老虎吃掉。当天晚上，老翁小儿子梦见母亲传话，告诉他"某山某树下，有窖金，掘而取之，一生吃着不尽矣！"醒后小儿告诉父亲，老翁说是妖怪托梦。谁知第二天小儿又梦到母亲说："母命也，而以为妖耶？且吾亦何必诳汝！"让他傍晚前到藏金点，"吾阴魂当佐汝也！"小儿依照母亲吩咐，准备纸钱上山，"将祭山神及其母，而后取之"。

哪知故事峰回路转。快到藏金点，路边忽然走出一老者，说天色渐晚，"山行多虎狼，子何冒昧也"。小伙子怪他多事，继续前行。老者拉住他，"必不可往，往则祸作！"小伙子说奉母命前往，哪会有祸？老者说你母亲不是葬身虎口吗？小伙子惊讶，老者不是本村人，怎知母死？老者说我不仅知道，还知你想去取窖金，只怕有去无回。小伙子大惊，怎么连这都知道？老者指着旁边一棵古树说，上去看看全知道了。

小伙子上树，"俯视老者，已失所在，四顾瞭望，都无踪迹。日既暝，忽闻虎啸声，木叶簌簌下"。小伙子"大惧，藏叶浓深处，窃窥之"，"见其母引虎至彼树下，彷徨四望，如有所觅，引虎与语，语未竟，虎咆哮怒吼，母抚虎项，若慰藉之者。虎少驯，母复徘徊瞻眺，啾啾作鬼声，虎又咆哮，如是竟夕"。一直等到村中鸡鸣，其母才带虎离去。小伙子下树战栗不能动弹，"疑老者为山神而感之也，焚所携楮帛以谢之"，逃回家跟父亲说，俩人"相戒不复入山"。当夜老虎进村直扑其家，父子大惧，计无所逃，院里有两口水缸，藏在里面。"俄而虎竟毁门入，鬼声啾啾，若为之导"，没有找到人而去。天亮后村民慰问，父子俩从缸里爬出，说明事因。村民设下陷阱，老虎又袭村时，铳弩齐发而毙。老翁在佛山所售之虎骨，由来即此。

故乡虎事被作家布置得斑斓魔幻，如一把戒尺晾晒敲打一张虎皮。

吴趼人时代，当列强瓜分中国时，可知作家借虎发言：

"吾独怪夫今之仗而人者，引虎入境，脔割其膏腴，吮食其血肉，恬不为怪，且欣欣然自以为得计者。"吴趼人的老虎别有用意。

此刻，著名的清远鸡端上来，我对佛山朋友说："你们若也出窖金，下次我办画虎展。"

G 当代打虎者

写虎画虎和打虎都算娴熟为上的技术活儿。"打虎者"属于冷兵器时代产物，现代若对老虎开枪打炮背上放炸药包都不算打虎英雄。"打老虎"成政治符号。

河南方言还有一词，叫"邪乎"。不是"写虎"。

我上小学时，有篇课外读物，讲一位抓虎擒豹"当代武松"。打虎者叫何广位，当代奇人，善于活捉猛兽。安徽人流浪到河南孟州。施耐庵也曾把武松发配孟州。奇人必有奇招，其食量奇大，九岁那年家乡遭蝗灾断粮，父亲向大户借三斤麦种。父母忙着耕作，让他负责看好麦种，免得老鼠偷吃。结果等劳作回来，三斤麦种一粒不剩，全被他一人吃光。

父亲不信一个九岁娃能吃三斤麦种，逼问麦种哪儿去了。何广位哭着说被他吃了，父亲不信，去邻居家借十个菜团，让何广位吃。结果一口接一口，他把十个菜团全吃光。母亲大哭担忧，大肚儿怎养得起！后来为吃饭他只好外出流浪，选择打兽换食的生计，最后落脚河南。他饭量大，创下一次喝酒十七斤纪录。当年河南济源县因他捉豹有功，政府决定好好管他一顿饱饭，又称菜肴不好报销，馒头尽管享用。他连咸菜都没有，竟连吞六十二个馒头。

酒桌上，我听书法家周俊杰先生讲过何广位一事。何后来成政协委员，集体就餐时却端坐不动筷，说自己饭量大，怕吃完被人笑话。会上负责膳食的人员为表达对"当代武松"的敬意，特加了一桌十人的饭菜让他独享。他一人吃完，且吃鱼吃鸡不吐骨头。

何广位说捉虎猎豹秘招是出拳快、准、狠。首拳一定要击中虎豹鼻子，致其晕厥，然后补拳让其一时难苏醒，用绳索绑四肢装进特制大袋，以最快速度背下山。当年各大动物园里，几乎都有何氏捕猎的豹子。

何广位活了九十五岁，2004 年在河南去世。一生活捉老虎七只、金钱豹二百三十只，打狼八百只。后来倡导保护动物，不宜宣传，他的事迹从课外读物里去掉。不能再打虎拿豹了，"当代武松"何广位晚年在河南孟州开始造药酒。有朋友给我捎来两瓶"何广位家酒"品尝，我在草药味里，第一盏就喝出来了一只老虎。

没有火药的年代，凡山野间打虎擒豹者皆被人称奇。政坛上，也不断出现新的"打虎者"。"打"和"虎"和"者"一样，都在循环往复，只是"当代打虎者多并非当代之幸事"也。

一千年前河南孟州的夜半，武松在鸳鸯楼墙壁上题字："杀人者，打虎武松也。"

H 虎的末日

话语和文字即使吹嘘得一地斑斓，末日老虎也终将不再。

世上最后一张虎皮要剥掉，老虎谢幕退场，包括液体老虎、气体老虎、固体老虎。一天，"打虎者"独向虎皮，对属虎的情人说，看，这是一辆蜜制的坦克。

只要出够一定的钱，屁股也是可以摸的。

辛丑秋，冯杰。

武二郎有種你再打我一次

辛丑觀新打虎

中原馮傑記

武二郎，有种你再打我一次。辛丑观新打虎。中原冯杰记。

附：老虎十二图说

一月，关于虎威

今日老虎说：虎年来临，要虎虎生威。

古典老虎说：何谓虎威？张岱《夜航船》辑：虎有骨如乙字，长寸许，在肋两旁皮内，尾端亦有之，名"虎威"，配之临官，则能威众。

属虎者说：就是一根虎骨。同仁堂肯定喜欢，如今一吨药丸里也找不到一根虎须，膏药油里能映出一只虎影。

二月，肚里有货

今日老虎说：站在台上看起来庞大，不知肚里装的都是糠麸。

古典老虎说：只有段成式见到"虎魄"——虎夜视，一目放光，一目视物。猎人候而射之，弩箭才及，光随坠地成白石，入地尺余，记其处掘得之，能止小儿啼惊。

属虎者说："虎魄"属稳定剂，忌讳冰箱，只能在李时珍药厨储存。今人误为"琥珀"，挂在脖上。愈加焦躁。

三月，虚惊一场

今日老虎说：鞭炮忽然一响，吓了老子一跳。脸都变色啦，差点成为绿老虎。

　　捕虎者说：捉虎工具有虎枪、虎叉、陷阱。尽量避免对虎皮伤害。还有一种"槛"。一天雨后，猎人看到"槛"里坐一人，大吃一惊。那人说我是县令，昨晚下雨误入槛里，赶快放我出来。猎人问，有证件吗？有。放出后，县令马上变作一只老虎，咆哮而去。

　　属虎者说：历史上有过多次"变虎"事件，你说的这是哪一次？

四月，一家人

　　今日老虎说：如今武松被国际虎协高价聘请，正在门口给我们看院子。

　　古典老虎说：另一种虎叫"伥"，被老虎吃掉后而产生出的一种新型老虎。镜中之相。属镜中之镜，属老虎中的老虎。《太平广记》说伥的职业是负责老虎行动前的开道探路，"为虎前呵道耳"。《广异记》说伥形象"无衣轻行，通身碧色"，有时在老虎吃人时一边帮忙剥衣服，免得簪子玉镯信用卡之类卡住虎喉。《夜航船》为一地狼藉作以证明，"凡死于虎者，衣服巾履皆卸于地，非虎之威能使自卸，实伥为之也"。

　　属虎者说：伥皆穿衣，或名牌，或朴素，亦非前朝，不好辨认。

五月，纸老虎标准

今日老虎说：伟人有语录，"一切反动派都是纸老虎。"

古典老虎说：纸老虎、布老虎、皮老虎、石老虎、泥老虎、大老虎、小老虎都是老虎。包括一切反动派。

属虎者说：当下标准早已更改，是不是纸老虎，要看固定产业、固定存款、房产证这些硬件，单凭嘴说不算。

六月，红老虎

今日老虎说：黄虎、黑虎、白虎，都不如红虎。出身好。

外国老虎说：博尔赫斯从来不相信世上有老虎，他说"老虎这个形象，许多世纪以来，一直存在于人们的想象之中"。所以，他能看到在离恒河很远一个村子里，有蓝老虎。他还梦到蓝老虎行走，在沙地上投下长长影子。

属虎者说：虎再大，也属于猫科动物。

七月，老虎的自信

今日老虎说：野生的老虎，武松可以打光打净。人生的老虎，武松永远打不净。

古典老虎说：虎过去共有九个亚种，华南虎、西伯利亚虎、孟加拉虎、印支虎、马来虎、苏门答腊虎、巴厘虎、爪哇虎、里海虎。到如今，爪哇虎、里海虎、巴厘虎已灭绝。

属虎者说：永远灭绝不了，十二个中国人里就有一个属于老虎。

八月，流行拼爹

今日老虎说：我爸是动物园看守大门者。我爸是动物园常务售票员。我爸是动物园常务副科长。

古典老虎说："虎生三子，必有一彪。"《癸辛杂识》载："彪最犷恶，能食虎子也。""彪"排行在虎豹之间，有"龙虎彪豹"。彪为何物？清朝六品武官服有一"彪"动物图案可参考，"彪"肯定比虎厉害，因为字面上还多三撇，像三个爪子。

属虎者说：我们村里有两个叫"卫彪"，邻村有四个"卫彪"。三里五村，当年都要保护一只远方的老虎。

九月，别想吃虎鞭

今日老虎说：别想吃虎鞭，轻者挨抽，重者判刑。

古典老虎说：李时珍载虎肉微热，无毒，味道酸，益力气，止多唾，治恶心。吃不了虎肉，可用黄精代替。黄精有"老虎姜"之称，又叫"神仙余粮"。

属虎者说：广东餐馆里一道象征菜，叫"龙虎斗"。凑合着先吃。

十月，拉大旗的方式

今日老虎说：拉大旗的方式很多，不一定都使用虎皮。

古典老虎说：旧县志载："开元中有崔生应举过寺，适天暮，因投宿焉。见一虎入寺脱皮，变一美妇人，就崔，愿侍枕席，崔眠之。见其皮在井边，遂投井中。妇人觅皮不得，随崔至京，先后授县长、县委书记，凡六年，生两子。后还官，过前寺，崔意相随日久，无他虞，告故。妇欣然，令取皮，皮故无恙。因披之，仍成一虎，大吼，回顾二子而去。后人题其井为虎皮井。"

属虎者说：信不信由你，俺小时候用那井里的水吃过捞面条。至今还卖一种"虎面"，十块钱一碗。

十一月，叫板

今日老虎说：武二郎，有种你出来，敢再打我一次？

古典老虎说：《述异记》载，汉代一市委书记，叫封邵，官称封使君。一天，封书记忽然变成一只老虎，在城市里乱跑，饿了便吃城里黎民百姓，百姓见到，认得是他，连忙高呼"封使君，封使君！"于是，那只老虎掉头出城，不再回首。诗人作诗"无作封使君，生不治民死食民"。

属虎者说："封使君"学术上已成老虎别名，查一下，谁写的反诗！

十二月，虎头猫尾

今日老虎说：老虎跟猫学艺，学会了，要吃猫，猫立马上树，老虎在下面没一点办法。这老虎太没耐心了。

古典老虎说：陆游《剑南诗稿》有"俗言猫为虎舅，教虎百为，惟不教上树"。

属虎者说：现在退化为猫虎一体。小时候我姥姥也说过，猫是老虎的舅舅。我舅舅毫不保留，教我上树，还偷摘邻居家的果子吃。

虽然肚里装的是糠，但外表雄风依在。
壬寅未临，中原冯杰。

三十六鳞堂

一位黄河滩里走出来的画家。

段连波是我艺友，关系太好，别人开玩笑，以为你俩是画坛"基友"。我问啥叫基友，他说反正不是好词儿。老段画了一辈子鲤鱼，画坛上称"中原第一鲤"，以"年年有余""跳龙门"卖相最好。他说，每年高考前一个月，大批应届生前来订购"跳龙门"图。家长说管用。

我俩争论过，觉得一位河南画家不能以"中原第一"虾鱼鸡鸭这类招数游戏行世。"前人之叙备矣"，你把齐白石的虾米放到哪锅里？

他说我是没市场才大谈"雅"。画界秘诀是"一招鲜，吃遍天"。包括那些所谓有文化情怀的官员，有几个是真货？

有一天，他让我题写斋名。我有点卖弄，挥毫题写"三十六鳞堂"。

他一脸疑惑，说，这不是三十六计里，为了骂人暗藏啥玄机吧？

我说，老段，连这都不知道，你以后不要画鲤鱼了，改画娃娃鱼吧。

地
域

黄河鲤鱼经验谈

1 鲤鱼之牵强附会

捉拿黄河鲤鱼方式主要有撒网、拉网、滚钩、鱼罩。后来知道钓鲤鱼专用鲜玉米粒，高级钓者才知道"阿魏"。更神的是有一种不劳而获之法，我逃学时蹲在河边看鱼鹰捉鱼，能欣赏一晌。鸟代替人类劳动。鱼鹰脖上有绳扎着，它吞不下鲤鱼，左右为难。我觉得架鱼鹰的那一位老头就是剥削阶级资本家，回学校后造句时马上用上了。老师批：胡扯。

家里平时做饭使用的大水缸里，有我养的几条鲤鱼。有一次母亲做晚饭，昏暗灯光里，不留神舀到锅里一条，结果米饭烧成了鱼汤。

古人认为鲤鱼和龙离得最近，"鲤最为鱼之主"，"鲤，鱼之贵者"。《尔雅》以鲤冠篇，开启鱼类注解先例。鲤鱼的崇高地位在鱼贩子的坐标上开始巩固、升高，直至最后入锅。

鲤鱼之灵，以鱼跃龙门最为著名。《埤雅》："俗说鱼跃龙门，过而为龙，唯鲤或然。"只有鲤鱼能够跃龙门，幻化成龙。其他鲇鱼、黑鱼、青鱼、鳙鱼、白条、虎头鱼、红眼马郎、泥鳅等鱼都是笨鱼，跳不过去。太原女朋友、西安女朋友说，鲤鱼跳龙门在晋陕交界处龙门山，河南三门峡女朋友说在小浪底。当年我填大学志愿前，洛阳龙门石窟《龙门》美女主编孙布谷说，鲤鱼是从这里跳上去的。长垣马丽厂长说他们厂也有龙门吊。后来我知道后者是起重机，龙门面临的是伊河。

为了不得罪人，我统一答复说，不管鲤鱼在哪里跳，反正要在黄河里跳，起码离黄河不远。毛主席也说过"鱼儿离不开水"。

2 它一直在时光里游

鱼是祥瑞之物，历代典籍有记载。一般意义上的"鱼"都是指鲤鱼。商周古人有以玉鱼随葬之习，《史记》载"周王朝有鸟、鱼有瑞"。战国后出现铜鱼、陶鱼、木鱼等鱼形随葬品。这些表明在古人观念中，鲤鱼并非简单的盘中之物，而是通天界与凡世的灵物。

孔子为儿子取名孔鲤，字伯鱼。唐朝有"国朝律，取得鲤鱼即宜放，仍不得吃，号赤解公。卖者杖六十，言鲤为李也"的"鲤鱼宪法"。吃鲤鱼要打六十大板，即使李白吃也得偷偷来。李唐王朝把鲤鱼以及人事关系推向极致，奠定鲤鱼成为国鱼的地位。我曾写过一篇文章，说男鲤鱼们女鲤鱼们在唐朝最幸福。

"鲤"与"利"谐音，"鱼"与"余"同音，鲤鱼繁殖力强，又喜偕游。鲤鱼隐含繁殖、生财、恩爱、圆满，因而鲤鱼图案在民俗工艺品、春联、年画、剪纸窗花、结婚喜帖、新婚嫁妆物品中显现。北中原人见面爱问："啥时吃你的鲤鱼?"这是语言隐喻。如果你家有儿子，是问孩子何时结婚；如果你是单身，是问你何时结婚。一条鲤鱼可以随时调换，多意象征。

它一直在时光里游。

今年初，先锋艺术家汪长青在石佛艺术公社办展览，给了红包我才光临。展厅辽阔，见空中挂满鲤鱼造型，大小不一，高低不同，近似逍遥游。标题是"符号学和梦幻时代的女"。问我看懂没有。我还能说啥? 我说看懂了。

3 卧冰求鲤时的温度

当年听马三立说相声，老人家说过王祥卧冰的姿势。

中国古诗词中鲤鱼典故不胜枚举，理学家最推崇"二十四孝"中"涌泉跃鲤""卧冰求鲤"的故事，更为鲤鱼增添了人伦色彩，简直是"无鲤不孝"。

长垣厨师都有文化，马师傅告诉我北宋开国皇帝赵匡胤登基大典时，钦点黄河鲤鱼为国宴头菜。明朝有"堂上金盘行鲤鱼""中厨具鲤鱼""酒泻松肪脍鲤鱼"等名菜。1949 年中华人民共和国开国第一宴，有一青花盘子上是红烧黄河鲤鱼，此后黄河鲤鱼成为国宴名菜。

这有点像乐府里"鱼戏莲叶东南西北"气氛，我也鱼晕。

北中原讲究宴之有鲤，逢年过节、寿诞嫁娶，鲤鱼不可缺席。《诗经》中有周宣王"炰鳖脍鲤"宴请诸侯的记述，有纪实诗"岂其食鱼，必河之鲂？岂其取妻，必齐之姜？岂其食鱼，必河之鲤？岂其取妻，必宋之子？"理想生活状态是吃鲤鱼，娶宋国的媳妇。宋国就在今天河南商丘。我当年有个女朋友就是商丘人，叫小文姜。时隔多年，每每吃到鲤鱼，我都想念她那一对小虎牙，有时像鲤鱼刺。

4 鲤鱼的吃法

鲤鱼文化说得再好，最后都要落实到"红烧黄河鲤鱼"上，觉得这结果未免有点尴尬。我第一次吃上豫菜代表"鲤鱼焙面"

是在长垣，那天上了一道菜，小杰下筷子前对我说，这叫"鲤鱼焙面"，曾在开封吃过，做得好。我说开封的厨师多是长垣人。

忘情水里，鲤鱼一游就是二十年。

老武弟开了二十年饭店，从猪到鸭到鸡，最后精准定位"黄河大鲤鱼饭店"。黄河九曲五千里，专门打造一条黄河鲤鱼，以后还要建黄河鲤鱼博物馆。那天宴毕，他把一条24K"金鲤鱼"从胸口取下，亲切地别在我衣服上，嘱咐我一定写篇《鲤鱼赋》。后来每次酒前先催问《鲤鱼赋》，再倒酒。

终于赋成，手抄一份给他。武弟说，老兄弄得太雅，我看不懂，你不会整点老百姓看得懂的?

我说，赋就是绕圈的，让我想想，整一条老百姓看得懂的鲤鱼。

北中原"黄河豆腐腰"处的黄河鲤鱼和其他沿黄省份不同，体呈梭形，侧扁而腹圆，头背间呈缓缓上升的弧形，背部稍隆起。体侧鳞片金黄色，背部稍暗，腹部色淡而白。臀鳍、尾柄下叶呈橙红色，胸鳍、腹鳍呈橘红色。

武弟说他的黄河鲤鱼特点是金鳞赤尾，色彩艳丽，外形美观，肉质细腻，营养丰富，也俗称"铜头铁尾豆腐腰"。

我说："这是说黄河吧?"他说这里鲤鱼特点就是铜头、铁尾、豆腐腰。果然形象。

黄河鲤鱼在外观上跟其他鲤鱼不同。黄河鲤鱼的头、身、鳍全是金白色，稍微发黄，脊背黛青，特别是鱼尾部分，红里透黄，也称"红尾鲤鱼"。我的婚姻属媒妁之言，当年在县城答谢媒人时，专门选择一条红尾鲤鱼。

红尾鲤鱼四根胡须两长两短，普通鲤鱼只有两根胡须，且没有这么漂亮。油炸后的黄河鲤鱼，鱼嘴是张而不闭，非黄河鲤鱼则闭口不言，穿越热锅之后，像有难说之言。

5　一千条政治的鲤鱼

厨师之乡马大爷马师傅每次和我喝酒，喝到脸红时喜欢讲"清炒龙须"的故事。

这一次讲前问我，和"美帝苏修"对着干那年，记得否？我只记得"深挖洞，广积粮"，我家门口都挖有一人多深的防空洞，我们晚上在里面捉迷藏。马大爷说就是那一年。"苏修"分子处处嘲讽我国经济民不聊生，两个"苏修"工程师来到北京饭店，拿出一千卢布要定一桌宴。那时一卢布相当于五美元，一千卢布是笔大钱。这哪是吃饭，分明是办难堪。

第二天菜端上来，一张大桌就摆一盘白菜。"苏修"分子疑惑，问，这值一千卢布吗？厨师答，这道菜叫作"清炒龙须"，尽管不是真龙须，也是不掺面粉纯粹用鲤鱼须做的。光这一盘鲤鱼须，就让十个厨师挑灯剪了一夜。

"苏修"分子怀疑缺斤短两，说没吃饱。厨师说没吃饱拿钱再做。厨师领他们到后厨，指着一大堆黄河鲤鱼，说，这是做"清炒龙须"的下脚料，你们不嫌麻烦可以拉走。

马大爷又端起一盅酒，一仰脖子，但听吱溜一声，说，后来咱县一个企业家牛逼哄哄，有俩昧心钱儿，还让我做过一次这菜嘞！这事老吕也知道。

6 鲤鱼狂热分子

老吕是另一位鲤鱼狂热分子，在烹饪界有"鲤鱼王"的美誉。平时实用的鲤鱼食材靠别人供应成本太大，他开始开发生态品牌鲤鱼，叫"黄河金"。宣传广告说"黄河金"既有野生黄河鲤鱼体形修长、金鳞赤尾的外观特征，又接近野生鱼的营养和口味。他说，主要是解除了两千年来老鲤鱼的土腥味，清蒸的味道比野生鱼更佳。

老吕敬业，每次相见都对我说黄河鲤鱼营养丰富，含有二十二碳六烯酸，鲤鱼各部位均可入药，有补脾健胃、利水消肿、明目补脑、清热解毒、止咳下气的功效。他说宋代苏颂把"脍鲤"列为"食品上味"，李时珍说过多吃鱼可以健康长寿，每周吃两次鲤鱼，猝死率降低一半。

他问我，你看我像七十五的人吗？

我岔开话题，问他，马师傅说的"清炒龙须"有这事吗？

7 鲤鱼精神也是精神

一条鲤鱼在情感上实在纠结。我到过许多省份，受到盛情款待，都说"此处黄河鲤鱼最佳"。宁夏黄河鲤鱼，兰州黄河鲤鱼，陕西黄河鲤鱼，山西黄河鲤鱼，山东黄河鲤鱼，等等，大小不一的黄河鲤鱼。好在鲤鱼文化是不断丰富的，譬如老吕那种执着的"鲤鱼情结"，他今年组织一个鲤鱼专业开发团队，在花园口风景区举办第一届黄河鲤鱼文化节暨"黄河金"摸鱼节，邀请我一定要前去"摸一把",以便能寻找到儿时的幸福回忆。开幕式上锣鼓喧天,他说要"弘扬鲤鱼精神,传播鲤鱼文化"。

河南一向是"出精神"的地方。我是第一次知道世上有一种"鲤鱼精神"。

午宴上,我问吕大爷啥叫"鲤鱼精神"?

他说今天先不探讨,只说喝酒。

拴马桩。你看到了黄河的皮肤，我却看到了黄河的骨头。
庚子末客于郑，中原冯杰。

骑鲤少年。庚子，冯杰。

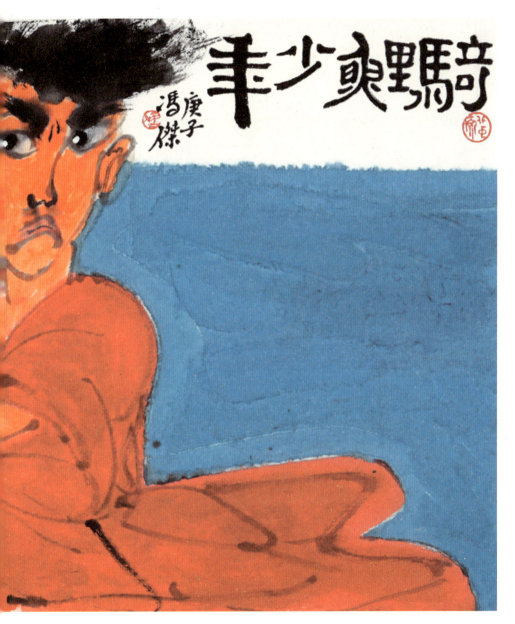

騎野爽少年

庚子
馮傑 經

鲤鱼树

——飘摇的传说

后来的《北中原志·科技篇》记载，企业家崔天财种植其他种类的农作物没有成功，种鲤鱼成功了。

几乎是一次水产革命。

他聘请专业打造鲤鱼文化的老吕为技术顾问。老吕一辈子打造鲤鱼文化，我曾参加过他策划的首届"黄河鲤鱼文化节"，崔和吕俩人合计事，属于"强强联合"。北中原有一句经验道理，"生意好做，伙计难搁"。俩人经过一年钻研实验，发明一种新兴的黄河产业，不夸张地说，如果没有两岸神话在天空流传，这一种属于"水陆发明"，可以填补河南黄河两岸的历史空白。他们说根据世贸协议，自己也极为重视知识产权，申请的注册商标叫"鲤鱼树"，选用汉画砖上一图案。

"鲤鱼树"听起来像抽象艺术，更多像一幅画或者一本诗集名。知道底细者说，一点不抽象，通俗地讲，就是树上可以生长鲤鱼。

可以想象到，风微微一吹，鲤鱼哗哗响，像杨树叶子。特别是远看，比杨树叶子还好看，闪着银色的光芒。一树都在高举着水。

鲤鱼树的枝丫上流动着黄河水，绿意加在空中，有主流有分支，都是树上的河流；鲤鱼在树枝上飘动，鳍尾自由，一点不感到拘谨，和在黄河波涛里游动没有两样。

县科委的负责人给刘书记汇报，可向市里建议，下次可逐步申报诺贝尔科学奖，要是路走顺的话，大可成为第二个屠呦呦。

刘书记懂规律，说诺奖根本不是这个报法，你以为外国人听我们的？他最后话锋一转，即使得不了诺奖，起码国家发明奖是没有问题的。

实验是为了成功，成功是为了转换成效益。几次下来终于成功，县委决定要办成新兴产业向社会推广。这一天选在国庆节，作为全县改革开放科技发明成果献礼，召集一次由全县各级党政群主要负责人参加的观摩大会。

一棵鲤鱼树上，百叶勃发。鲤鱼形状大小不等，开始是小鲤鱼先动，逐渐大鲤鱼在动，最后全树上的鲤鱼都在动。许多人是第一次见到，像自己童年时第一次看放烟火，立即激起了大家热烈的掌声。树上的鲤鱼也听到了掌声，树枝和鲤鱼信息相通，植物和动物是能通过转化来交流的，它们在树上游得更欢了。

此时，该说一下那位文学人物罗大成了。

村里另一位不断进行民间探讨的物理学家是罗大成，他知道这一信息后，也去参加观摩大会。他不是看热闹，他是行家，来看门道，用于拿来学习。全县四大班子还没到齐时，他就提前来到现场，站在离鲤鱼树最近的地方。掌声不断响起，等到鲤鱼在树上欢快游动时，罗大成掏出来一把小攮，偷偷把鲤鱼树下面的一条主要水管掐断了。

乱水滋了他一脸，他竟想到像鲤鱼尿，闻一下，他觉得带着一股腥气。

冷风景。辛丑秋客郑也，冯杰为之一记。

羊肉烩面

——仿博尔赫斯

庆生那年考上公务员，最先到黄河岸边乡政府当一名办事员。他有理想，许多想法都想实现。表哥对他说，你有才华，前途广大，但入党是一切基础，你先入党。表哥暗示自己讲的是上层建筑。庆生脸一红，深知自己经济基础不好。表哥说，你最好先跟赵师傅学会魔术，学好后啥都能实现。

庆生听后有点惊诧，觉得这一指点很荒唐，咋会有这事？

表哥说，赵师傅是真本事，他是自己今生最钦佩的一个高人，不像县里那些花言巧语的易经大师。再说，哥还会骗你吗？

表哥一片好心，马不停蹄地领着庆生去见赵师傅。表哥路上说得先会送礼。

庆生在村口小卖铺搬两件青岛啤酒，俩人骑车到孟岗赵师傅家。赵师傅正在院子里的一方芫荽田里浇水。芫荽田发出独特的浓烈气息。芫荽这种菜蔬最是独到，喜欢者疯狂上瘾，讨厌者觉得有臭板虫味。两党指数对立。

赵师傅热情招呼来人，几句话下来，庆生觉得赵师傅很幽默。刚要开口，赵师傅出手止住，开门见山地说，你先不要讲出你来的目的，眼看晌午了，吃完饭再说。

来到厨房，一方原木饭桌，三人坐下来。赵师傅让厨师端来三碗烩面，放在桌上。赵师傅说，都不是外人，简单吃个家常饭。庆生看桌上烩面扯得均匀，羊肉也多。他吃烩面喜欢放一把芫荽，他奇怪，赵师傅家种一块芫荽田，下烩面咋能用清汤？烩面不放芫荽还能叫烩面？芫荽主要功能就是要拿住羊肉膻气。

仨人拿起筷子要吃烩面，赵师傅忽然横出一句话，像竹竿一样生硬。他对庆生说，到时你当上市长可别忘了我啊！

庆生觉得好笑，结果突兀，自己一个办事员还在实习期。

他觉得赵师傅更幽默，说，肯定不会忘您老人家，说啥都答应。庆生也懂配合幽默。

赵师傅放下筷子，说，不吃烩面了。好，你跟着来吧。

赵师傅边走边解释说，魔术要诀在地窖里才能传授。

来到院子里的一方地窖，其实是个地窖改造的地下室，也有一方饭桌，桌上竟然也摆着三碗清汤烩面。赵师傅对一边站着的厨师说，我没给你交代前，烩面里不要放芫荽。

赵师傅说完，到另一个房门口，正要进去，乡办苏主任这时闯来了。庆生奇怪，问，苏主任你咋能摸到这儿？苏主任说，满世界找你一圈了，才见到你。

你咋摸得恁准？

谁不知赵府？看我跑得一头汗。先说正经事，今年发展预备党员，时间紧，李书记把你报上去了。这是表，马上填一下。

连庆生也没想到结果会这么快。

一个月之后，李书记对庆生说，乡办要公选一名副主任，时间紧，把你报上了。这是表，马上填一下。对庆生而言，如此容易简直是一月之内双喜临门。

仨月后，庆生又看到全县选拔人才，公开考试，招录一名乡长。最后评比时，前三人非党员，他是党员，只有他一人过关，最后到斑鸠寨乡当乡长。

他心里敬佩表哥当初的话。想到那天和表哥找赵师傅指点入党事项，他想莫非是祖坟冒青烟了？

一年后，全县公开选拔人事局长，北中原企业家崔老板找到他。老崔是表哥的朋友，老崔说，老弟你只要能往前进步，俺全力支持。钱不是问题。过了考试关，面试关你不用管，我全包。

老崔不怕花钱，庆生不怕考试。一月后，庆生看到公示栏里，他恰好是第三名。一共要三名。庆生感叹，人靠走运马靠膘。

这天，赵师傅找到庆生。赵师傅说，我也算当时给你出谋划策的谋士之一吧，在古代也算樊哙张良。我孩子至今还在家打烧饼，听说人事局还有一个指标，你给安置一下吧。

庆生说，我把位置先安排一个侄子了，下次一定。

长话短说。两年后，公选县长，庆生当选。赵师傅找到他，说自家一个孩子要入党，给解决一下。庆生说入党不是小事，以后凑机会。

三年后选拔市长，庆生果然当选。赵师傅找到他，说自己下岗了。庆生说现在暂时安置不了，以后凑机会。

这天，在平原路市委大院里，庆生突然见到赵师傅，问，你咋又来了？赵师傅说，在这儿专等你。你门路广，我家买房差款，先借我一笔钱。庆生有点莫名恼火，简直敲诈，不是钱不钱的问题，不能用这种形式。厌烦了一个人，看他一举一动都厌恶，他说，在这儿不要乱说，你再乱说让门卫赶你走。

赵师傅脸一沉，忽然变了腔调，说，你转身看看身后。

市长不由自主转身——庆生看到自己站在地窨门口，里面一张桌子，上面放着三碗烩面，表哥坐在那里，埋怨道，咋能去这么长时间，面都凉啦！还要抓紧时间请赵师傅传授魔术真经呢。

赵师傅看一眼庆生，挤挤眼。庆生觉得赵师傅一点也不幽默，只听赵师傅对厨师说：

"给他碗里来点芫荽。"

芫荽田的故事

事实证明，芫荽田用黄河水浇灌，气息会比用井水浇灌的浓郁。

事实证明，芫荽浓郁的气息对银河系里的贼星有吸引作用。

1959年春天，一颗贼星滑落在村里二大爷那一片固定的芫荽田里。他捡到一块石头，以为值钱，上交给人民政府。说是一般的陨石。

再问，说上面发光的是磷，不是金，打消念头吧。

三十年后的春天，同样有一颗彗星滑落在二大爷那一片固定的芫荽田里。他捡到后先给儿子看，有了上次经验，说，别会是天降钻石？儿子急着往京城的学校赶。反馈消息说是一块陨石，含铁量极高，可以制作枪弹使用。

冯振华在《北中原志》中记载，一块相同的芫荽田里能落下两颗彗星，在黄河两岸，真乃世间少有。尚飨。

异食记

过去

"牛头马面本常见，黑狗白耳最分明。"狗年来临，我为一幅狗图这样落款。这对子是有出处的。

我姥姥说村里人说话，说到故意或反意时，故意抬杠，有一句话，叫作"黑狗白耳朵"。

现在

现在，生物的变异超出人类想象。据说，崔天财的"东方红"现代养鸡场为了满足全省炸鸡腿销量，一只鸡身上可以长出许多条鸡腿。用手术刀切割。

过去

古人一直留意，不断积累经验。忽思慧看到此类也会不食。他在《饮膳正要》禽兽变异类里说到食物里有几类不可食：

> 兽岐尾，马蹄夜目，羊心有孔，肝有
> 青黑，鹿豹文，羊肝有孔，黑鸡白首，白
> 马青蹄，羊独角，白羊黑头，黑羊白头，
> 白鸟黄首，羊六角，白马黑头，鸡有四距，

爆肉不燥，马生角，牛肝叶孤，蟹有独螯，鱼有眼睫，虾无须，肉入水动，肉经宿暖，鱼无肠、胆、腮，肉落地不沾土，鱼目开合及腹下丹。

里面没有忽思慧说的"黑狗白耳"字眼，最接近北中原乡土的一条是"白马黑头"。

现在

现在，到处都是塑料垃圾，对人的危害无处不在。那一年在渤海边，一位环保人士对我说，海洋的鱼类在吃塑料，鱼肚子里都是塑料产品。

我在黄河边，看到一条鲤鱼身上缠着一根红丝绳，陷到双鳍里。

在北中原乡村，有人在塑料垃圾里生存。乡村孩子把塑料垃圾当成玩具，代替了我小时候的草具和泥巴。

也许会有一天，肉食品店里，挂满了一只一只塑料羊。人们要开始吃塑料羊了。

哪知，崔天财的一客户直接就说，我就开办一个塑料羊场。不过，听后别害怕，塑料羊是另外的用处。

地上的事情往天上讲。庚子，冯杰。

一个由一头九岁野牛的皮制成的风袋，里面关着各式各样的风。

——引自《希腊神话》

1　牛在倒沫

我被姥爷第一次领进牛棚，草气弥漫。黑暗里看到悬挂一屋子明亮眼睛，像星星移动，全是牛在吃草。我大胆摸一下邻近的牛鼻子，湿湿的，软软的，像摸一团乡村的雾。忽听牛铃哐啷一响，雾一摇晃，吓得我急忙收手。

在乡间，牛不劳作时常常反刍咀嚼，在北中原叫"倒沫"，它们静静卧着，眯上眼睛，样子有点像学生读课文。我父亲给我普及过牛的知识，说牛和人不一样，牛有四个胃。我最初还记得瘤胃、网胃、重瓣胃、皱胃，后来觉得在生活里没用，再具体问哪四胃全忘了。一个人能记着自己的一个胃就行了。北中原整个乡村宁静之夜，星光里布满丰润质感的倒沫声，像是在和漫长的黑夜对抗。

村里人家很少喂马、骡，这类牲口适合长途贩运，一般农家饲养多为驴、牛。牛可列入家里的"大物件"，重要性相当于家庭一员。下雨收工时，我姥爷宁可让自己淋雨，也要把衣服盖在牛背上。村里人家若生牛犊，近似女人生娃。有一年，村长家下了两个牛犊，要上映电影来庆贺，一场是《地雷战》，一场是《红色娘子军》，都是革命影片。

少年时，我姐给我订了《美术》杂志，翻到里面有一幅

"朝鲜画"，一个孩子蜷曲在地主家的草垛边睡觉，窗外一天星光，一头牛在倒沫。许多年过去，依然记得那幅画的情景。我后来在武汉参加图书节，有一个介绍朝鲜艺术的展台，赫然看到这幅画，那穷人家孩子还在那里睡着，四十多年没有醒来。

在时间里，我俩记忆里的那头牛一直在倒沫，没有停止过。

2　牛眼里的人是大的

有一年春天，我姥爷从高平集上赶一头小牛回来，过桥时小牛掉到了河里，姥爷惋惜不已。望河兴叹时，哪知小牛又从远处水底冒出，像一条黄色鲤鱼，爬上岸，抖了抖身上的水珠。

姥爷说过去只知道猪会水，没想到小牛也会水，天生淹不死。我明白世上淹死的不是牲口更多，而是那些会水的人。

牛性格温和，吃草使用舌头舔，石槽被它舔出亮光。我喂牛时心里不会惊慌。姥姥说，牛是最听使唤的牲口，它没有骡子、毛驴的倔脾气，不会和人抬杠，牛一辈子甘愿让人摆布，是因为人在牛眼里是大的，牛才谦卑。鹅没有牛大却不怕人，敢和人斗，是因为人在鹅眼里是小的。每当家里来客人，鹅会扑上去啄人，牛断然不会看到来客就低头去抵人。

牛还有着一副紧箍咒，牛鼻上要拴一条缰绳，紧扣着自己艰辛的一生，无论上山下地，出将入相，牛任凭主人牵来牵去，人把牛一辈子的力气掏空，最后，在牛缰绳指引下被牵到屠宰场锅边。那时，牛满眼泪花。

3 皮的冷知识

平时，姥爷在墙上挂一盘牛皮绳供日常使用，譬如捆耙子，拧鞭梢，绑扫帚，系鞋带，扎口绳。只有湿过水的牛皮绳最有韧性。课文上说，反动派爪牙在拷打地下党前，都是把鞭梢在水桶里蘸一下，然后把他们打得皮开肉绽。

在小镇上，我经常看收购站收购牛皮。这时，文章里需要的那位屠手"扁一刀"出现了。

他说，剥牛皮时容易发生描刀、刀伤、破皮、破洞、反爪、漏档。描刀是在牛皮上割了一个口，伤口深度没超过皮厚二分之一。超过皮厚的二分之一，但没穿透的叫刀伤。割穿的皮子叫破洞。反爪是将四肢的皮肤割斜。臀部的皮割到下腰叫漏裆。都可造成牛皮质量下降、价钱减少。因为讨价争牛皮高低，他打交道最多的是收购站麻站长。

麻站长说，按收购规定，头等皮最多只能带两个描刀，面积不能超过一个烧饼大，或只能带一个破洞，超过规定降低一级，价格也降低。

我专门请教过扁一刀牛皮的正确剥法。扁大爷说，先用刀从牛的腹部中间上下直线削开，再由前胸处直线挑开前腿皮直至前蹄处，后腿由肛门处直线挑开后腿皮直至后蹄处，不能挑偏斜。

他叹口气说，听说现在城里都用机器剥皮，直接把一头牛送进机器，三分钟出来就是一张整皮。这是真的吗？

扁一刀靠手工剥了一辈子牛皮。他说剥皮不重要，重要的是剥后要及时晾晒。把牛皮毛面向下、肉面向上，展开在木板、席子、草地或平坦沙地上，晒到八成干再翻过来晒毛面。全部晒干后，把牛皮毛面向里面折起，放在通风干燥处阴干，千万不要在烈日下暴晒。牛皮最怕雨淋，阴雨季节不能露天晒皮，最好晾在室内，也不可用火烘烤，不然会降低质量。

有时放学，会见到晾晒的牛皮上趴满苍蝇，我一步跨过，苍蝇哄的一声飞起来在裆下起舞。

4　革的冷知识

水牛皮毛孔粗，颈纹多，较粗糙。黄牛皮毛孔密，有胎牛皮、小牛皮、中牛皮、大牛皮，可从牛皮的张幅大小及皮纹粗细鉴别，胎牛皮、小牛皮皮纹细、密，中牛皮、大牛皮皮纹粗、松。按皮质层分有头层皮、修面皮、二层皮。头层皮，即原牛皮没经破坏的皮；修面皮，即将皮面有伤残的皮料打磨，去掉了原有的皮纹与伤残，再压上仿真皮纹；二层皮，是动物的第二层皮，没有皮质层，全是纤维层，拉力、韧性及耐折度差，不适合做鞋面料。

必须说一下革。

革多是仿真皮，如牛皮革、猪皮革、羊皮革。按用途分如鞋用革、工业用革，如轻革、重革、绒面革。讲究者要皮不要革。生活里我家用的多是革，有时买鞋，图的一个价钱便宜。

后来我参加工作，被抽到小县城宣传部写稿，有个女同事叫牛献革，人很泼辣，和我一块儿采写通讯报道，兼写领导讲话。我们都梦想获得领导提拔，出人头地。我自己写的稿子也会把她的名字挂到前面，有时一篇稿要挂三四个名字，我在最后。李部长有一次看简历，对她半真半假地说，你对党不真诚嘛，应该献上真皮，你却献的是皮草革。

牛献革说，这不怨我，我哥叫牛献心，都是我爸根据革命形势起的名字。

在小县城，我做过一个和牛皮有关的梦。有一天一张硕大的牛皮贴在青墙上，它竟会说话，它对我说："我的皮结实，你用我的皮做一条腰带吧。一年后，会有一位割牛皮的人找你。"

5　扁一刀说

扁一刀杀一辈子牲口，技术近似庖丁解牛，杀猪马牛羊就像打四大战役，村里的狗见到他远远地就全身觳觫。我记着他冬天蹲在墙角阳光里讲的一个故事。

说道口镇上，有一屠夫在牲口市上买回一大一小母子牛，在院子里养着，单等节前屠宰。春节到了，这天屠夫一人在院子里开始霍霍磨刀，不停地用手试试刀刃，接着再磨。那时他刚把刀掂起，外面恰好有人喊，他把快刀放在盆子的清水里，锁门出去。回来后，却找不到那把清水盆里的刀子了。

院里没一人进来，他觉得蹊跷。后来，竟然在墙角泥里找到那把快刀。

我没听完结尾就说，我知道，是那头小牛衔到墙角的。

这故事听姥爷讲过几十遍了，我觉得一点也不新鲜。

6　齐白石的牛缰绳

对我这个三流画家而言，知道牛没马易于入画。马洒脱，牛拙朴，易画出它的诚实，不易画出它的聪明。

画牛最多的是齐白石弟子李可染，数量多于虾米。同样一方砚池，我画我的虾你画你的牛。

我少年时学习齐白石的画，最早也画虾米。条件有限，只好对照着一方方邮票开始临摹。许多年后，才能看到齐白石的印刷品，再后来看到齐白石的真迹，再后来能看到齐白石的故居，再再后来，看到了齐白石的儿子。记得那年在北京辟才胡同，见到过齐良迟先生。

齐白石画牛，很少有李可染的正面牛，老人家多画牛背，确切说多是牛屁股。给我印象深的一幅《放牛图》，画面却不见牛，画的是一纸含蓄。上面一只凳子，凳上摆一把牛缰绳。桃花热闹地在开，主人和牛去了哪里？但听拍卖师落槌，高喊：两千万。

松下问童子，把铃声赶到时间深处了，都走成了铜锈和茶垢。

7　借问青牛何处去

可以从颜色上区分牛从事的"职业"，黄牛、花牛多犁地耕田，白牛陪诗人说话推敲意象，青牛则有资格让太上老君去骑。在河南，那年老子座下一头青牛西行，被函谷关上站岗者发现远方紫气东来，老子出现时被扣下，专业创作，写了整整三天，吃了一捆大葱、三十张烙饼。当老人家终于写完名著，再从灵宝函谷关出走，从此去向不明，查无此人。这也算是没有大数据的好处之一吧。之后的三千年里养活了无数学者。白首皓发，青灯黄卷，所谓专业学者，说得世俗些都是为混口饭吃。

2018 年我到新疆的北疆写《唐轮台》一书，和那头青牛无意间算有了关联。昌吉文友听说我来自河南，趁着酒劲问我，你知道老子骑牛从河南出走最后到了哪里？我说这真不知道，书上没交代。他又喝口酒，告诉我，老子和牛上昆仑山了。文友正在写一部关于昆仑玉文化的书，专门有一章写老子和牛。老子化胡知道吗？

我相信新疆学者的执着考证精神。我统计一下，周天子、王母娘娘、老子和青牛、林则徐、纪晓岚、洪亮吉、唐僧和孙悟空，或人或物，最后都经历了西域历练。我来新疆，不带使命，仅算步牛后尘。

8 越南牛和缅甸花梨木

2020 年初冬，我在广西北海开一个北部湾文学院年会，散步时逛到一家专卖越南特产的小店，里面陈列品多是旅游点流通货，新意不多。要出店时，看到角落里站有两头木雕牛，拿出一头来看，雕刻的是回首牛，牛角夸张，衔接得恰到好处。

女店主说，这是越南的木牛工艺，材料属缅甸花梨木。你看，这牛比货架上其他牛都灵活，其他牛尾巴是翘起来接上的，这牛是一块整木雕刻，牛尾巴是贴上的。

果然布满匠心，木雕牛有着艺人不俗的民间风格，雕刻细致生动。牛是水牛，是公水牛，首先是一双牛眼暴起，双眼皮，像镶嵌两颗星星。再看牛肚浑圆，牛大腿里夹着一双肥硕牛蛋，一条牛鞭紧紧贴在肚皮上，要激动得翘起来。我笑了。这木刻者要是当作家一定是超现实主义。牛头上贴一标签：一百六十元，女店主急忙降价说一百五十元。我说还有点贵，女店主比我大度，说这价在超市你买不到二斤熟牛肉。

回到宾馆，这头越南水牛站在灯光下的玻璃桌上，似乎要徐徐行走，越看越活，比故宫韩滉《五牛图》里任何一匹牛都要生动。唐朝是耕牛，这是交趾水牛。我还想到唐代诗人王勃是去交趾看他爹回来时淹死在北部湾的。

原本是一对木牛，拆散后我惦记着另外一头。第二天又去那家小店，女店主说，我断定你还要来。我只好说，老板长得好看嘛。最后那一头木牛要价一百三十元。我说加上微信，以后你店里再来这个样式的牛我还要，快递到付。女店主说，今年全球疫情，货都进不来，和越南人交流又听不懂他们的话，怕以后再没有这种样式的货了。

我从北海买回两头木雕水牛，带到中原，一头牛放在我的案头，另一头牛送给了小外孙女。小孩子也喜欢得紧，整天吊在手里敲敲打打、左看右看，有一次说："姥爷，这头木牛笨，没有我老师家那头牛好，是塑料的，能大能小，那头牛老师还会吹。"

9　我的杂碎

　　庚子晚冬，牛头赶着鼠尾，过完鼠年就入牛年，十二生肖在默默无缝隙地衔接。庚子全年整个世界的日子慌乱，像一堆零乱的牛杂碎。这一年我也是，蜜也吃了屎也吃了。话说最后一天，隐居太行山里的诗人王布谷从手机上给我发来一首诗，说是一个拉萨诗友写的，叫《牛》。有点夸张地说，读着读着，读哭了我。

　　　　　他朝牛槽里放草

　　　　　他对牛说没麸子了，只有草

　　　　　牛说好的

　　　　　牛吃完草，他对牛说

　　　　　咱们去犁地

　　　　　牛说好的

　　　　　犁完地，他对牛说

　　　　　我要把你卖到集市的锅上

　　　　　牛说好的

　　　　　在集市的那家锅上

　　　　　锅老板对他说没那么多钱

　　　　　要不你再便宜二百块

　　　　　牛对锅老板说

　　　　　如果真没有那二百块

　　　　　那你现在把我杀了

　　　　　把我的杂碎

　　　　　让他拿走

我读后不语，手机回复说：牛脸天生一副泪相，我小时候就见过。干吗给我发这诗，我又不会哭……

師牛堂主人多有梅花与牛皆暖風迎面春不可擋牛年来臨牛背著花更見行走精神

辛丑立春溥傑

一春梅花着满头。辛丑新
春也，冯杰。
师牛堂主人多有梅花，与
牛皆暖风迎面，春不可挡。
牛年来临，牛背着花，更
见行走精神。辛丑立春，
冯杰。

1　与一条河流的关系

我记录的是北中原一条河流史，叫"现代河流简史"。

它全称"天然文岩渠"，由天然渠和文岩渠两条河流组成，发源于黄河，最后又注入黄河。

这条河流与我休戚相关。我上小学、初中、高中学校都离这一条河流不远，似乎偏要围河而转。后来降级复习一年，在一个叫堰南初中的学校，校园干脆坐落在黄河大堤下面，对面黄河堤下就是这条河流。

临河而校的好处有二：其一是洗澡优先。上学时便于逃学，在河里偷偷游泳。其二是便于捉鱼。

同学间有很多关于向大人隐瞒下河的方法和秘诀。上学前，家长在孩子后背用圆珠笔画上符号，近似封条画押。如果回来笔迹不见，证明是游泳时候洗掉了。结果挥掌开揍。为解决这一难题，我会帮助重新画上。我摹仿能力好，奠定了我以后的局部绘画事业。

有时洗完澡肚饿，情不自禁去偷河岸瓜地的菜瓜、黄瓜、茄子。传说两岸有水鬼出没，一般在中午后出场，偏偏这时正是我们洗澡的最好时机。有时水鬼们化装成小孩子混在一块儿洗澡，趁机拉走一个，灵魂便可以托生了。

盘算一下，洗澡的孩子群里，别看嘻嘻哈哈，必藏有一个水鬼。那时，大家不具有分辨妖怪的能力。现在想想都有点后怕。

最焦急的是父亲。父亲看我午饭后早早上学，形迹可疑，他终于找到了规律。父亲戴一顶草帽，冒酷暑在远处的黄河大堤上远远寻觅，来回跟随。

父亲看到后来实在管控不住，采取"开放政策"，主动下河教我们凫水。我和同伴后来学会游泳，踩水如平地，都是父亲教的，让我受益终生。

这近似"大禹治水"的一种疏导开放之法。

没想到我与这条河有着缘分。父亲在这条河里教我游泳，如今我又带着小儿子在这条河里游泳。我把河流的时间混淆重叠了。我关注着这条河的水清水浑。

我有一段小众环保者的记录。我记录这些文字，是对一条河流的速写，是对一条河的纪念，是河两岸小人物的"草根环保"在这几年行走的片段。附带还可衡量两岸的鸟情，款待鸟语。

2　鸟道

在我家上空，高处有风，风上面有星星，星星周围有一条神秘的天空之路。

地理坐标为东经114°29′，北纬35°24′。在这个地方，有一条鸟道低于银河，高架一条通往东北亚的鸟道。每到冬春之季，这条鸟道开始灌注丰沛的鸟语，漫溢银河。

我自私地称为"北中原鸟道"。

3　雁之语

我在黄河大堤下面的孟岗小镇生活，夜半在梦中，常被黄河滩上南归的大雁惊醒，仿佛它们在头顶鸣叫。出来撒尿时看，三丈高的月色里，大雁一群接着一群，"之"形或"人"形，连绵不断，它们过了整整一夜。第二天，人们开始扛着篮子去拾大雁粪，在村里，雁粪的用途主要用于喂猪，也有晒干当柴烧的，号称"有焰"。

每当过雁阵，小镇的孩子在下面吆喝那些民谣：

> 过大雁，过大雁，
> 排个人字给我看。
> 雁，雁，排不齐，
> 后面跟着你老二姨。
> 雁，雁，排拖车，
> 后面跟着你二大爷。
> …………

在孩子们民谣的鼓舞下，那些雁阵听歌，不断有次序地调整队伍。如今大雁景象近似做梦，再也看不到如此壮观的雁队了。

第二天，小镇露水集上，会有挑担卖雁者来临。我们悄悄在上面拔雁翎，交给我姐"复毽"用，当毽子座比鸡翎好。

堤东人捉大雁的方法有两种：毒杀、捕杀。过去两岸的村民在黄河滩上主要用火铳、长枪射杀，远距离就可打雁，两百米之外就可怀揣心机。如今火铳、长枪多被收缴毁掉，猎杀大雁只用另外两种。

一、用一种叫"呋喃丹"的剧毒农药。此药毒性强，我老舅说过，在树下埋上少许"呋喃丹"，树上十年都不会生虫。埋多树会枯死，可见毒性之烈。

村民将小麦、玉米拌上农药，撒在大雁栖息路过的黄河沙洲上。他们早上下药，下午便可去捡拾天上掉下的大雁。

比起火铳，药雁更是毁灭性的打击。火铳多是击伤部分，而下药则是大小老幼都可药死。还有一种是将粮食拌上"呋喃丹"和火碱，大雁吃下后喉咙发渴，焦躁地要找水源拼命喝水，最后有的脖子被烧烂，死在河沿儿。

二、设连环铁夹。十几个夹子连在一起，中间有细绳系着木棍，插在地上。被夹住腿的大雁拼命挣扎。雁是有团队意识的鸟类，一只大雁被夹，雁群中的其他雁哀鸣不止，围着照应，纷纷营救或喂食。恰恰中了捕雁人的诡计，会有更多的大雁踩中铁夹。

2007 年冬至来临前，在黄河长垣段，有一次下药毒杀大雁行为。几天后，黄河里漂满数百只被药死的大雁，浩浩荡荡，随水漂流。鸟尸为浑浊的黄河增加了厚度。

幸存的大雁在天空发出哀鸣。昔日曾一路同行者，如今不能同归故里。

我去调查时，老马说："你早一天来还能看到。河里早过完了，漂了一河面的死雁。"

4　两只小苇鳽的下场

"鳽"字我一直在电脑里打不出来，标准字应为"千""干"和繁体"鸟"三字左右组合的一个字。

中国汉字带鸟字旁的多，字典里满是清脆鸟声，能滴落下来。只怕多年后，鸟不仅消失，有关的字也随着鸟羽消失，无法对应。

这一天，我家的两只狗在门口叫。是小儿子冯登的同学在喊门。冯登出来不一会儿，紧跟来了两个孩子，带来一个纸袋子放在院里。狗的嗅觉极好，围着纸袋子转来转去，一脸狗笑。狗显得比人都激动。

孩子们从纸袋子里面掏出一只鸟，脖子黄褐色，尾短，呈黑色，两羽颜色深，有明显的浅色翼斑。像水鸟。

问我。我鸟类知识有限，也叫不出名字。我说可能是灰鹭的一种。

前天这只鸟落到邻居家的鸡窝上，飞不动了，被这家的孩子养起来。刚开始鸟还吃一条蚯蚓，以后开始绝食。今天这只鸟已飞不起来。站在那里，摇摇晃晃，像个小醉汉。一只鸟眼看不清楚，还是一只"独眼龙"（称独眼鸟更准）。我看它时，鸟脖子围着我转三百六十度的弯。我一伸手，它的长喙本能地突然往前一伸，要叨人。

冯登回厨房砰砰啪啪剁几块鱼肉，三个孩子掰着嘴喂它。鸟勉强咽下几块鱼肉。

那两只狗被关在屋里，焦急地在喊叫开门。

门开了。老石从他老家雨淋头村骑摩托来了。

是我电话里喊来民间环保协会的石喜钞。老石有鸟类经验，抓起来看了看，说叫"小苇鳽"，属国家二级保护鸟类。我忽然想起了那个汉字。

他说前一段路过村里一片杨树林，也在地上捡了一只这种鸟，交给了县里林业局一个副局长。第二天，他不放心，去林业局再看，鸟没有了，问局里负责人，答复说放生了。

老石说不可能的事，那是一只幼鸟，尚不会飞。去交涉那天上午，他看到林业局院子里有一只猫在窗台上从容散步，声音大于副局长，就知道八成叫猫"协助"飞了。

小苇鳽是鹭鸶的一种，属"小型的鹭"，喜与芦苇为伍，才叫小苇鳽。鸣叫时发出"kok——kok——"的声音，多出现在四到十月份，相当有规律。

我家的这只鸟可能是穿越黄河湿地时，被人误伤或它误食了毒药。

大家商量后决定，先把它带到县城北面的陈墙村林场养一段，我和陈场长是朋友，林场还有一方大水塘，有鱼有虾，有蒲有荷，自然环境好。

这只误入城市陷阱的小苇鳽命大，能养活的话，估计到八月十五时我们就能放生。

两天后，陈场长自林场发来一条手机短信：

"对不起，老冯哥，那只鸟一时没看好，飞走了。"

5　鸟眼看不见的天网

在北中原，有一种捕鸟的工具，当地叫"天网"。

鸟网用柔韧的尼龙丝织成，是埋伏在空中的白色陷阱，鸟眼根本看不到，何况人眼？一般是捕鸟人张网两天后去收网（北中原方言叫"起网"）。这种网对鸟最有杀伤力。有时一张网下来，上面密密麻麻的，粘住的鸟像秋天的树叶子。古人说的"天网恢恢，疏而不漏"，大概说的就是这种"天网"。

　　2006年4月的一天，省和县电台的记者要到黄河湿地录一些民间环保活动镜头，我们几个人带着他们去湿地，竟发生一件巧合之事。

　　林子那边有人喊"有下网的"，到跟前一看，路边的杨树林里布有一张大鸟网。刚开始我还以为是同来的小周在"作秀"，怀疑是他提前扮演。没想到这是真的，想扮演都演不到位。

　　刚扯下一张鸟网，那边又有人喊"这里还有一张"。

　　真是露脸了。

　　更大收获是抓住了一个下网者，是附近赵堤乡人。

　　捕鸟人黑瘦，一条腿瘸，六十多岁，推一辆旧自行车，后座上挂两个欲装死鸟的空塑料袋子。

　　大家质问他，不好好在家，为啥捕鸟？

　　他说卖给饭店，换钱。

　　那你不会找个其他营生，非得捕鸟？

　　他说自己是风湿腿，其他活儿干不了。

　　最后大家要把他交给乡派出所，至少能罚他几百块。看他那可怜样子，也榨不出二两油，只会造成恶性循环。我对老石说，不如把他放了，以后和他勤联系，说不定日后还能成为我们环保协会的一个护鸟人。

　　我统计了一下，捕鸟人主要捕斑鸠、鸽子、麻雀、鹌鹑，这些鸟饭店收。其他鸟如喜鹊、乌鸦，随手扔掉不要，我问原因，他说喜鹊肉酸。我想起曾在树林里看到弃掉的一些喜鹊骸骨。它们肉酸。

那天，一共收缴了大大小小十来张鸟网，都装在车上，带回县城。

一个冬天我们累计收有二十多张鸟网。保守计算，也有近千只鸟免于触网入口。

冬天的一天，冯登告诉我，在我家北地一片空闲的草地上，他发现有人偷偷在支天网捕鸟。我俩就骑自行车去了。

在一个不易被人发现的空地处，横起一道天网，有十多米长。如果不是两边支撑的竹竿高高立着，在风中，那一道透明的天网根本看不见。

地下还有一张废弃的残网，上面粘着一只早已死去的喜鹊。

我说拆网。冯登问我，要是支网人来了咋办？我说，就说我们是环保协会的。

我俩把竹竿拔下，把天网用小刀子割断，揉成一团。路沟草丛里有一只早已干枯的小鹰，我看是一只小隼，是被捕鸟人网住又丢弃的，冯登随手带回家做标本。他是照着一本《黑龙江鸟类志》书上的图案，做了一个鸟标本。因没有专业制作的药物，到第二年一过夏天，生蛆了。

关于收缴的那一张张天网，猛一看它们像一团团假发，装在我家一方空花盆里，再来看，觉得暧昧不清。

冯登后来怕家中的狗好奇会吃掉天网，卡住狗喉咙，干脆一一剁碎，一把火就烧掉了。

6 猫头鹰书签

它是午夜的歌手。

近几年，北中原猫头鹰逐渐多了。

在陈墙村林场里，老陈悄悄支一张网，想网斑鸠。三天后网住一只猫头鹰。它垂挂着，一动不动，已在网上死了。老陈听说猫头鹰烧灰可治头疼，他说自己近段因贷款的事发愁，一直头疼。老陈把那只猫头鹰摘下来放在地上，只见猫头鹰依然躺着，一动不动。空当儿之余，突然只听"噗"的一声，那只猫头鹰飞向天空。

原来它是装死。北中原的猫头鹰聪明啊！老陈说，他妈的也不头疼了。大家都笑。让我想起苏东坡写的那只老鼠。

我劝说他还是把天网收了，想尝鲜的话让老石从滑县捎来一只正宗的道口"义兴张"烧鸡。

2006 年春天，老石作为民间环保代表去日本交流时，他说要给友人送礼，还要争取资助项目。我们的民间环保协会是一群"乌合之众"的组合，自己没钱，又买不起大礼，他想起用我的画做出国礼品。

我精心画了两只猫头鹰。二目炯炯有神，像牛睾丸。

老石就带着我画的两张猫头鹰斗方东渡日本了。半月后，老石从日本回来说，有一个日本环保人士收到后，感动得直流泪。他说在日本，猫头鹰是福鸟，吉祥物。

老石在酒桌上趁着酒兴，交给我一张一千面额的日元票子。我干过银行信贷员，知道一千日元的价值，不值钱，只相当于人民币七十元。一千日元是我两只猫头鹰的价钱。这价值和我认可的画价不成比例。我后来夹在一本自己出版的诗集里当了书签。

7　国兔

环保协会资深会员宋太国，大家喊他小国，最善于打兔，一年四季扛着那杆长铳，都在经营"兔事"。他电兔、卡兔、网兔、套兔、药兔，会多种捉兔大法。大家说有国歌、国旗、国花，干脆称他"国兔"。

一年四季里，隔三岔五，他都邀请我们聚会，吃他捉的野兔。他很有成就感。有一表哥是厨师，打下新兔，见他用中药配料把野兔肉的青草气息拿了，一院子装满兔肉香。煮肉时，家里两只狗都在兴奋地转圈。

好长时间他没邀请我们去吃兔肉了。

后来听说他不再捉兔，我问原因，他不说。还是听他邻居说，他差点病死，起因还是缘于一次打兔。

初春那一次打兔，他追赶一只受伤的大肚子野兔，撵了三里，眼看撵到跟前，那只兔站住，竟立起来了，抬起双爪给他作揖，连作三个。

"国兔"回家以后，大病一场，从此把那一杆兔枪毁了，再不打兔。

8　老马

我们第一次去马寨找老马，他不在家，邻居说八成又到黄河边看鸟了。问手机号码，邻居笑了，说老马根本没有手机。

我们也没事，干脆溜达到黄河边。走过一道堤堰，远远见一个人骑着自行车，东张西望，到跟前，果然是老马。

老马是民间环保协会最老的一员。1949年初出生，老马属牛，他卖老，说自己按说也算解放前的人，受过旧社会的苦。

2007年12月的一天，老马打来电话，说有人在黄河当中的沙洲上，下了拌毒药的玉米，在药大雁。老马骑车在黄河沿儿跑了好几趟，手都冻得结痂了，也没有捉住一个下毒者。

几天后，黄河里漂满死去的大雁，有一只在天空哀鸣。西岸边几个村里的群众开着三轮车去捞死雁，有一天装了满满一车。

老马通过调查，打听到药雁的是河对过的人。他们和饭店有约，把野味卖给饭店。一只大雁能卖三十元。

老马生长在黄河边上，知道大雁的规律。他说大雁从北往这儿准时九月九，到三月三就往南飞。他对我说，自己靠观察和听老一辈人讲，雁有雁语，大雁之间都能听懂，飞行当中有雁受伤，其他雁都会来营救。

老马在黄河滩里有七十多亩地，这数字听起来很大，有时靠不住，每到汛期黄河发水漫滩后，只剩下二十来亩。

老马对我说，他人生有点倒霉，五年里姑、父、母、叔和一个老三儿子相继去世。老三儿子是在县里因医疗事故死去的，在打官司，至今还背了几万元的债。

老马忽然说，他自己有一套治理黄河的秘诀，最主要一项是风力发电，风力抽水，一台风车能浇十来亩地。但相信他话的人不多，他把自己的发明反映到县委，许多人都认为老马有神经病。

他对我说，有一次给河南省省长、书记寄信，最后也没啥结果。他说前年还向中央写信反映，也没啥结果。他怀疑镇上邮递员根本没有寄出去，要不，省长早给回信了。

后来民间环保协会得到一共三笔申报环保项目的款项，按道理是专款专用，专门用于协会环保使用。我建议先配全设备。老石是会长，认为环保协会是自己创办的，自己先要挪用一下盖房子。晚上，大家开会和他理论。老石说自己在村里住的还是三间破屋，老婆整天埋怨嘟囔，儿子也马上要娶媳妇了，没有新房，刚在孟岗说的一个新媳妇横竖不进门。

大家说，开一个资金分配会吧。问老马有啥要求。

老马说，你起码得给我配一个手机，一件棉大衣。

9　标语

在马寨村里，老马喜欢经常写标语，六年来不知写过多少条标语。

老马对自己的字很是自负，说自己写的不是字，是书法。尽管都是白纸黑字，但"书法"和"写字"意思大有区别。他对我说，县里那些书法家他都看不惯，字都没他写得好，都会吹牛逼。

老马写的标语内容都是会长亲自拟定好的。"爱护鸟类，造福人类！""治理黄河污染，还我青山绿水！""情注故乡水，关爱母亲河！"老马写的是楷体。他写标语有个规律，不管内容多长，后面都用一个感叹号。

我来马寨，老马谦虚地对我说，冯老师，你也挥一条标语看看。

他铺上报纸，我抄上一条：毛主席说，一定要把黄河的事情办好！

老马说，冯老师，你字咋写恁好？！

我说当过信贷员，也在村里墙上刷过标语。

为了节约成本，环保协会的标语基本都是写在旧报纸上，再贴在村里砖墙上，风一刮雨一淋，时间撑不到一个月。也算给老马一个展示书法的空间。老马说，下次你们来，给我弄点宣纸，我还想参加县里的书法展。

一边的老杜是县书协评委，说，老马，你只管看好鸟，下次书展，给你评个优秀奖。

10 老石

老石在郑州大学上学，中途辍学，是"青源环保协会"创始人。

三十岁那年，市里一家金属冶炼厂建在雨淋头村西头，临着通往县城的公路。老板说开厂目的是造福乡梓。金属厂建起后的日子里，金属粉尘伴随着刺鼻怪味在风中四处弥漫。村里渠水变黄了，庄稼变黄了，树木变黄了，最后，熏得村民不敢开窗户。

不好的征兆逐渐出现。有一天，老石的父亲发烧、咳嗽，到医院查出来是肺癌，一年后病故。那一阵，三百多口人的小村查出十个肺癌患者。

老石看过许多环保书籍，怀疑原因起自金属厂。开始带着死者的家属上访，找政府反映污染问题。一年后这家厂经营不善倒闭。这成为老石环保第一步。

老石手里有一张全县"赶集日期表"，上面有芦岗集会、老岸集会、王堤集会、赵堤集会的准确时间。我小时候在孟岗集会上穿梭，喜欢闻炸油馍的味道，知道孟岗集是每月初十、十七、三十有大会，平时为露水集。

老石开始一个人赶集，摘抄印制了许多环保资料，利用赶会时机，在集上见人就发。赶会人以为这人推销产品，发传单又不卖货。散会见到村里人说，老石你弄得像当年"五四"学生运动一样，要造反。

赶集给老石很大启发，搞环保得有一个平台才能弄成事儿。马上成立"青源环保协会"，自任会长。

老石邀请我加入环保协会时，还让我看一张单页传单，上面都是环保知识。传单最后号召大家来"保卫母亲河"，并没有造反内容。《平原时报》来宣传时，说一位农民做了件谁都意料不到的事，自掏腰包，在北中原召开"黄河环境保护与可持续发展"万人环保大会。

这年春天，老石约我和几位诗人进行天然文岩渠排污调查。

天然文岩渠从 2002 年起，沿河两岸各县的造纸厂、水泥厂等企业把大量污水排放到河内，致使河水污染，成为河南省污染最严重的河流之一。

我上班当时在东关，附近的拉管厂把清洗使用的大量工业硫酸，趁夜里或下雨天偷偷注入十米的地下。

有次到河东沿儿杨桥村赴宴，村支书杨志红说，俺村打的压水井，压出来的水都是黄的。他说话一张嘴，我看到一口黄牙根。沿渠开车过桥时，他都不敢开车窗。

路过当年在下面游泳的孟岗大桥，我看到一些纸厂排放污水时，一尺多长的黄河鲤鱼拼命往前逃，后面黑色污水紧紧追赶，村民拿手网在前面堵，一天能捞上百斤鱼，打开鱼肚都是黑的，自己不吃，摆在路边卖。记得过去河两岸有河蚌，经常划破赤脚，河里有鱼还游到裆里，如今变成了一条发黄的死水河，散发着刺鼻的氨水味。

官方治理时，两岸企业有对付的技巧，多是一明一暗两个排污口。明口排放的废水比较干净，检查时合规；暗口暧昧，排出的污水呈红褐色。企业老板把污水排放口隐藏得很好，设在农户猪圈里、羊圈里、鸡窝边。有点像当年抗战挖的地道口。

老石写了六份议案给人大，后来县里关停了境内向文岩渠排污的几家企业。

老石很投入，有时骑着摩托车带上面包和水搞调查。实地调查取样，获得一手证据，得知排放污水企业确切位置。

沿河两岸村民都支持。老石的宣传直接到位，话是这样说的：不环保就要得病，得病就要死人。

11　小周

在协会，小周和我级别一样，被任命"环保协会副会长"，只是他比我多一家公司，比我有钱。临天然文岩渠那块一百亩湿地，小周出资租赁下来，自己每年拿出五千元，合同一年一签，专门雇了两个人——老刘和哑巴看管湿地。哑巴每次见我来，都呜呜啦啦要表达，一脸兴奋。

新闻媒体来采访，我们都领到这片湿地，说这里气氛好，拍片上镜，有蒲，有苇，有芦，有蓝天。天空飞着灰鹤、白鹭、白鹤。

老石动员小周栽树，说想事得长远，十年树木，百年树人。他经常给小周匡算这样一道算术题：一亩湿地相当于十亩森林，这一百亩湿地就相当于一千亩森林，依有关专家推算，就会产生约一千二百万元的生态效益。

小周梦想要建"黄河绿色走廊"。

小周却不是本地人，而是河北昌黎人，娶了本地媳妇。我说大作家韩愈曾是"郡望昌黎"，小周说自己家也是皇亲贵族，姓爱新觉罗氏，每次喝酒，他都说祖上官职是"七品带刀侍卫"，想去派出所把周姓改成"爱新觉罗"，电脑横竖不过关。

我问"七品带刀侍卫"是啥职务？他说，相当于你们县委的刘书记。

小周爱鸟。最早一次是赶集，在集上看到一位老农的木架上站一只猫头鹰。猫头鹰两条腿被绳子磨得红肿，一脸忧伤。他好奇去问，老农要卖。

他产生恻隐之心，花一百块钱把猫头鹰买下，在家里腾出一间小屋专门喂养。猫头鹰不吃素食，只吃肉。老鼠肉不好整，只好买猪肉。养了一年要放飞，哪知猫头鹰产生了感情，飞了几次又回来。

媳妇埋怨说，你要是养头猪，一年也该出圈了。

小周听说县里有村庄的村民为收入捕捉野生鸟类，成麻袋成麻袋卖给上门收购的鸟贩子，几经倒手，再卖到外地郑州、广州的野味餐馆。

小周打定主意要管管这事。他骑辆自行车，伪装成鸟贩子谈生意，到村里暗访。在捕鸟村民家，他看到各式各样的捕鸟工具，有气枪、弹弓、长铳，捕鸟网有的长达几十米，鸟碰上就无法挣脱。屋里有装满鸟的一只只编织袋，麻雀、斑鸠们低声哀鸣。

搜集大量证据后，便向林业部门举报。派出所严所长带人出动，共搜出两千多只已装袋准备出售的鸟。警方又顺藤摸瓜，打掉县内买卖野生动物的几个固定团伙。

这下断了别人财路。有天夜里，一个电话打到他家："你他妈的一个外地人，少管这些本地闲事！"

小周说："你他妈的有种到明处说！"

这口气有点像"七品带刀侍卫"的后人。

一天，小周让我陪客，说广州来了一位爱新觉罗氏家族人，是满族姓氏研究会秘书，还客串过电影《火烧圆明园》里一群众角色。我见"皇家"来客，竟然穿着黄马褂，戴瓜皮帽，脑后留一条猪尾巴小辫子，三杯酒下肚说要恢复满洲国。我笑了，觉得这是一活宝，却和这活宝相谈甚欢。

吃罢饭，微醺，我们仨散步在厨师之乡大道上，引得一路人观看。

12　老刘和哑巴

老刘拖家带口，看护湿地要钱。哑巴看护湿地是义务的，小周过意不去，每次看他都带一袋大米、一箱方便面。

哑巴心里亮堂。

有一次，一个青年人捉鸟，在河滩上下了毒药，第二天去收拾药死的鸟时，被哑巴发现。那人扔下一袋鸟要逃走。捉鸟人前边跑，哑巴后边追。哑巴平时赤脚，草丛里的蒺藜扎住哑巴的脚，他往地上一搓，继续追。不紧不慢，始终保持五六米的距离，直到把那人累得跑不动，最后瘫倒草丛中，干脆不跑了。被哑巴像提小鸡一样一手拎起来。

那捉鸟人说，哑巴的手真狠。以后再不毒鸟网鸟了，累得不值。

哑巴好像明白了，比画一下，让那人还跑。

后来领着电台人到湿地采访，哑巴就喜欢我模仿他这一节，我跟大家比画这一节时，他焦急地站在一边，也呜啦呜啦着比画，纠正我。然后，哈哈大笑。

13　派出所所长

湿地归赵堤乡管辖，老石知道，平时不能全靠老刘和哑巴，得有个硬靠山，便动员派出所严所长加入协会。老石是全县环保名人，会开展动员工作。

我第一次见到严所长，小伙子精干，是个退伍军人，眉头有颗大黑痣。"国兔"刚见面就开玩笑，说，严所长，这要是长到下巴上就不是所长啦。

所长从储藏室里拉出了近三十张鸟网，捕鸟用的电瓶、变压器、矿灯等工具。他说："通过你们提供的情报，我们一年里共搜缴了五十多张鸟网，处理了十几个捕鸟人。"

后来，严所长偕赵堤派出所十六名民警全部加入青源环保协会，成为协会团体会员。有派出所介入，协会胆壮了。这年春天，沿着黄河大堤，赵堤派出所启动专项治理猎杀鸟类的"绿箭一号"行动。严所长说，前期搜缴的鸟网多一些，后来越来越少，现在基本上没有人再捕鸟了，再后来收不上网了，这是好事，说明没有捕鸟人了。

年底派出所获得县委表彰，从单位到个人，严所长胸前戴着花。后来庆功时，严所长开玩笑问，你不是说有奖金吗？老石说，不能这么说，荣誉比奖金价值更高。

小周趁机说，明年租赁费你出吧。

老石会把全县爱鸟者团结起来。《平原时报》记者采访后报道，说北中原黄河湿地灰鹤、白鹭多达上千只，目前成为鸟的一方天堂。

我调到郑州时，老石对外发布，说目前已经成功建立六个鸟类保护站，协会会员已超出一千人，县作协、书协等单位均成为该协会团体会员。

记得有次小周喝过酒，说，他妈的，老石弄的是中国特色，活学活用，会开展人民群众运动。

14　拒烹的厨师

"国兔"有个表哥叫袁胜，封丘青岗人，是协会里的另类。"国兔"说，我表哥是光吃不动。

袁胜跟着师傅在"又一春"酒店学徒五年，一天，一同门师兄对他说自己腿疼抽筋，骑不动车了，有一包食材让他送到南关桥头，交给一个骑摩托的熟人。

平时常送菜，袁胜没多想，过去送菜是用筐，这次是牛皮纸包，带着食材去了。他和师兄都不知道，这次是郑州森林警察设的圈套。桥头骑摩托车者跑了，警察把袁胜扣住。袁胜不知道纸包里是两只熊掌。警察说熊掌属国家二级保护动物，根据《刑法》第三百四十一条，要判五年以上、十年以下。

袁胜当场吓傻了。师傅知道后在外面急忙找人通融，袁胜还是在里面待了七天，最后罚款两万。

以后有人拿来野味，袁胜说开再高的价也不敢做。"国兔"过去请教过他煮兔肉的方法，他听"国兔"讲，知道环保协会有拒烹野生动物一项，干脆加入青源环保协会。第二年让师傅挂帅起个章程，联合全县厨师都参与拒烹野生动物，每人都在拒烹宣言上签了名。

我听老石说过，"做"和"食"野生动物，双方都要罚款，我便问袁胜啥动物不能吃。

他说，熊猫、东北虎、白天鹅、穿山甲都不能吃。

我说，甭说吃，这些大物件你哥根本没见过。

他说，野鸡不能吃，田鸡不能吃，斑鸠不能吃，野生鹌鹑不能吃。

我问，那"套四宝"呢？

"套四宝"是豫菜饭店的一个品牌，"又一春"的招牌菜。四宝是鸡、鸭、鸽、斑鸠或鹌鹑四种融合一起，层层相套，形体完整，特点是原汁原味，醇香浓郁，吃起来肥而不腻。"套四宝"是由长垣厨师在开封名菜"套三环"基础上改进的升级版，最后加上个"鹌鹑"才算完整版。

袁胜想想，说，野生鹌鹑不行，饲养的鹌鹑可以。

我问，这咋能分清？

他说，家鹌鹑放到笼里安静不动，野鹌鹑放到笼里会一个劲儿撞笼，往死里撞。

15　草根影像

在青源环保协会一次活动上，我见到七十岁的赵向明。老赵穿着一身流行摄影服，上面袋子很多。我笑了，他也笑了，因为我们那里说一个人聪明，就是这人"一身布袋"。

老赵最早是自己玩玩，儿子在北京，看到老爹在家里无事，给他买了一台海鸥照相机，哪知老赵一拍上了瘾。他后来对我说，照相有点像吸大烟，还近似烧钱，不过现在好了，不用胶卷。他在村里成立一个"草根影像摄影会"，动员别人也照相。

有一天他找到我，说，你经常写的"北中原"仨字合口味，我能用吗？

我说可以。

他说空口无凭，让我题字。我写上"北中原草根影像"，他印到旗上，每次组织摄影采风都要打上一面红旗。我想起当年我姥爷上浚县大伾山进香，马车上也要插上一面，显得红旗招展。

老赵开始拍黄河鸟专题。对我说，照相不仅只是咔嚓一声，还需要讲究意境。这言论让我吃了一惊。

老赵说，鸟是人类的邻居，与人类共同生息。

他至今拍了五年鸟照片，记录黄河滩一千多种鸟类，最多是大鸨、蓑羽鹤。老赵的理想是编一本《黄河鸟类图志》，让我来配诗。

老赵对我说，照相其实是慢艺术，得慢一点，一天照一张。

16　震旦鸦雀

郑州来的鸟专家说，湿地发现了"震旦鸦雀"。

我特意查找资料，震旦鸦雀属特有珍稀鸟种，已被列入国际鸟类红皮书，全球性濒危鸟类，被称为"鸟中熊猫"。鸟名所以中国化，是因古印度称中国为"震旦"。这种鸟第一个标本采集是在 1872 年，一位法国传教士在江苏湖边苇丛发现的，定名为震旦鸦雀。

可见震旦鸦雀真正为世人所知还不到一百五十年，之前一直在中国东部沿海芦苇丛里默默无闻，连俗名、土名都没有。目前分布在黑龙江下游、辽宁和长江流域、江苏沿海芦苇地。震旦鸦雀喜欢吃苇秆里和芦苇表面的虫子，性情活泼，结小群栖于芦苇地。专家称之为"芦苇中的啄木鸟"。飞行能力很差，必须依赖芦苇荡的环境生存。

震旦鸦雀的窝极隐蔽，敌害不易察觉，更难以接近。连"鸟人"老赵也没有拍到。我们一直在寻找，距离最近一次也是和诗人徐向峰一道，只听见鸟声不见鸟影。它体型太小了，像芦叶上的露珠。叫声急促连贯，发出短促的"唧唧"声，唱到高兴时会展翅，力度不大，扇翅膀频率比较高，一边振翅，一边低唱。

　　为了觅食，它们在芦苇秆间跳来跳去，不小心跳到芦苇最上端。芦苇承受不了它们的体重，被压倒在地。它们再次跳起，跃到别的芦苇上觅食。

　　震旦鸦雀在上世纪 80 年代中国有记录，而后消失于人们视线。1991 年在辽宁盘锦发现分散成小群的震旦鸦雀。2007 年，专家找到南京震旦鸦雀仅存的栖息地，之后再次消失于人们视线。2013 年河南商丘发现震旦鸦雀踪影，它们飞行在黄河故道北岸与山东接壤处的芦苇荡。

　　震旦鸦雀的特点是拒绝人类靠近。面对异类，它们个体或集群会逃逸。震旦鸦雀像鸟类里的隐逸派诗人，人类最好永远见不到它。

　　2018 年的秋天，河南大学出版社出版一套三十位豫籍作家"扎根文丛"，其中有我一本诗集。为了纪念，我干脆就叫《震旦鸦雀》。

　　编辑反馈消息说，卖相不好。

17　申请"大鸨之乡"

后来，听"国兔"说要准备申报"大鸨之乡"。

大鸨是一种有着虎纹背羽和洁白腹羽的大鸟，国内现存数量不足一千只。大鸨也是"鸟中大熊猫"，比震旦鸦雀数量还少。这样的机会难得。

每年冬季，大鸨都会从内蒙古图牧吉湿地迁徙到北中原黄河湿地，在这儿越冬的有三百多只大鸨。

有大鸨的湿地，名气越来越大，不只老赵拍照，还吸引了新乡、开封、郑州的摄影家。他们对老赵说还要设"自然和艺术基地"，说拍大鸨能获"荷赛奖"里的自然奖。来的摄影家会一直追着大鸨们的屁股拍照，直到拍出荷赛奖。大鸨是一种警惕性很高的鸟类，艺术家一出现，整个鸟群开始受惊不安，慌张而逃。

老石想得好，如果"大鸨之乡"能申请成功，会对区域经济知名度有很大提升，还能引来一批保护资金项目。担心的是，也会吸引更多人到此，大鸨的栖息环境和生活可能都会受到影响，有一天它们又会消失。

后来我听说，申报"大鸨之乡"的工作应由政府部门牵头，民间环保志愿者只是起辅助作用。我出席一个宴会，知道县林业局就申报"大鸨之乡"曾咨询过省林业厅，不像"国兔"一群人想得那么简单。由于硬件条件太差，不符合要求，所以县林业局一直没有启动具体申报工作。

一位同学是地方要员，和我先碰满满一杯酒，命令我，"讫了！"对我说，大鸨就是老鸨，大鸨性淫。这活动按说不能过于支持，万一申报成功，真成"大鸨之乡"了，岂不有点尴尬？我们以后出门再喝酒，酒桌上别人说，这是来自"大鸨之乡"的领导，没品味的还以为我们这儿专门出小姐呢。

大家为他的幽默都笑了。说，喝酒喝酒。便都讫了。

18 三句话

多年过去了。

父亲也去世多年。

那一条河还在继续流淌。

辟邪图。

上帝说，红鸭子避水妖也。噫嘻吁。拜上帝会概如此尔尔。己亥末客于郑也，冯杰一哂。

这么多年里，我一直在寻找那只骗我的狐狸。
壬寅初，中原冯杰记。

雖無飛，飛必衝天。雖無鳴，鳴必驚人。著名的鄭州人韓非子吹牛。

壬寅，冯杰。

诗句跳得更深。壬寅，冯杰。

1 芦苇行程

两岸芦苇是黄河耸立的汗毛。许多拉芦苇根的架子车走在通向县城的公路上。临河人打捞河面漂来的芦苇根，晒干装车，拉到二十里开外县城制药厂，上磅过秤。

两岸芦苇元素多，我上学留级次数多，其中有一名字"苇园"学校，校名像让芦苇密密围着。芦根性能：味甘，性寒；药理：解热、镇静、镇痛、降血压血糖。芦根煎汤服用，有抗炎杀菌作用，还利尿止血。芦根这么多好处，我当年咋不知道？

有关芦根两个传说。一个具民间性。从前一户穷人，孩子高烧不止，穷人去县城药铺买药。店主说："离了羚羊角，发烧退不了。"穷人问羚羊角多少钱。"需羚羊角五分，一分一两，五两银子。"穷人买不起药，失望走出。药铺门口一个叫花子说："退烧不一定吃羚羊角，我教你退烧法儿，不花一分钱。"穷人跟着叫花子，到塘边挖些芦根，洗净后给孩子煎汤药喝，三剂过后，烧退病愈。以后谁家有人发高烧，不再进城买药，芦根成一味穷人的草药。

另一传说具官方性。芦根魔幻，说全县将出三斗三升芝麻粒数量官员，芦根为脉，隐于城中。一南方老道游走到蒲匡，观天象呈官员层出不穷之状。为了不让北方气势压住南方，他花重金请当地人挖宝，说共同分享。从城内芦苇塘边开始，挖了三天三夜，终于挖干斩净所有芦苇根。芦苇根流出的汁像血一样鲜红。从此，长垣风水被南方人破了，三斗三升芝麻粒数量官员变成三斗三升芝麻粒厨倌。

我却觉得庆幸。牛鼻子老道为厨师之乡夯实了坚实基础，不然长垣油馔没那么好吃了。

进城路上，拉芦苇根者在路上吃自带的饼馍。芦根几分钱一斤。为了生活，芦根怕常捞，账怕细算，路不怕远。其中有一位小车夫是后来的老潘，那年他八岁，牵着父亲递给的一个绳头。

2 黄河柳是红柳，是柽柳

有一年，考察黄河的诗人丛小桦来长垣境内，我到河滩陪他走，我俩骑自行车和黄河并行。河面上不时出现白鹭，河岸上不时出现红柳。他对我说，多年拍了上万张黄河照，看到个规律，黄河两岸人有一种其他地方没有的"苦相"。

看一眼身边走过的红柳，连树都有苦相，像我皱眉。

老潘是植物学家，农大毕业后专门研究植物，平常普及我草木常识。我说在遥远的新疆，我看到过这种红柳。穿羊肉串都用红柳。为了强调多见红柳，我说，兰州女友说他们那里有，运城女友说他们那里有，盐城女友说他们那里有，阿尔山女友说他们那里有。老潘说，女友多不一定是真的，但红柳到处都有是真的。

红柳普遍，俗名很多：黄河柳、三春柳、观音柳。学名叫柽柳，一不小心会念成"怪柳"，这也对。游走北中原讲评书的艺人"瞎八碗"说，瓦岗寨程咬金本领不全凭斧，还靠背后那柄"怪头柳杖"，杖里会冒青烟。

我概括红柳是"向苦而生"。它只在盐碱沙滩等环境不好的地方生存，为了寻找水源，地下根系能达一丈。它们无法选择环境，只有认命，做一种艰难抗争，像黄河两岸人，生于斯长于斯死于斯。红柳阴性气质，带有母性。

村民眼里除了当柴烧，无他大用。红柳根干枯是一种苦相，粉红蓬松的碎花偏要透出自己的小雅致。

盆景专家张宇对我说过，黄河柳做盆景最上镜，河南盆景能在全国得金奖的都是红柳造型。我看到沈文珏得奖的盆景《河边母亲》，她说，我养了二十年。

3 再说疙疤草或咯嘣草

姥姥有一首童谣，涉及豫北这种咯嘣草。

> 小蚂蚱，一身黄，
> 蹦蹦跳跳过时光。
> 饥了吃口咯嘣草，
> 渴了喝口露水汤。
> 刮风下雨都不怕，
> 就怕秋后一场霜。

像马嚼干草的声音。疙疤草，咯嘣草，葛巴草，嘎巴草，叫法不一，都指同一种草。老潘编《河南农田杂草志》，把它列入杂草。非根正苗红，身份近似害草。疙疤草爬行缓慢，见缝插针，晒不死，碾不烂，扎下根成为自己根据地，盘团后再出发，从此不好清理围剿。尤其庄稼田最不喜欢它光临。和民谣里蝗虫为伍的草能是何种好草？是一种死皮赖脸的草，这种草牲口都懒得吃。我姥爷从田里锄掉咯嘣草，撂上乡路，晒干当柴火。

它却是黄河大堤上最多最常见的草，保护着大堤，防止水土流失。可用"绿色卫士"四字表彰它。

城市公园里漂亮的好草没这种功能。

世上所谓"害草""益草""害虫""益虫"都是没放对地方的宝贝，像我当年在学校被编入"孬班"。

印象里，咯嘣草日夜趴在黄河大堤两边，无数细草爪子紧紧抓住泥土，抓住露水和星辰。与其说它是护堤草，不如说它更怕雨水把自己从堤坡冲掉，被清除了户籍，让大堤抛弃。

前年在兰考采风，老潘讲一则和草有关的逸事。1952年10月30日，毛主席伟岸地站在兰考东坝头黄河大堤视察黄河，他看到脚下青草，问河南陪同人员，这草叫什么名字？兰考人答："ge beng cao。"

大人物也关注渺小的草。

兰考东坝头对过是封丘、长垣相连的河滩，一条五千多公里长的大河，数这里两岸河床最宽，有的达二十多公里。鲤鱼也最肥。我曾在黄河滩乡村骑车清收贷款，自行车轮蹍过路上咯嘣草，被蹍次数多了熟视无睹，照样勃发。草有思想的话，肯定嘲笑我这辆走过历史的车轮。

4　凫水注释

我学会凫水，是在黄河大堤下的一条支流里。到中年才明白，少年逃学是向黄河学习一种方式，无论仰泳或狗刨，也是为了"要把黄河的事情办好"。

父亲后来"疏导"，教我凫水。

凫水是土语，这词很少用了，如今统称"游泳"。至今你没听说"世界奥运会凫水比赛"吧？有一年，诗人痖弦从台湾来信，写到"凫水"一词，并特加注释。我顿生亲切，因为逃学时都说凫水不说游泳，老师批评时也说凫水不说游泳。

临江的晓青说：毛主席七十三岁还在武汉勇游长江呢，我爸厂里人都去江边助阵，你在黄河里游不叫本事。我说，你不了解黄河，面善心恶，长江是清的，黄河是浑的。晓青说，现在长江水也浑了。

一个人如果家乡临塘向水，最好先在故乡学会"凫水"，再出发到外面去"游泳"，不管你一生是否曾遇到过何种形式的一次水灾。

5　复堤

黄河大堤每年要增高加固一次。黄河长，大堤也长。一岁长一尺。徒步走黄河的诗人孔令更，夸张地对我说，黄河大堤和开封铁塔尖一般高。

我逃学的其中一项内容是看农民工复堤。"热火朝天"

“歌声嘹亮”这些好词都可用上。关键还有打夯，俩人或四人，每人拽一绳头，夯歌声里，石礅像翻烧饼，在尘土里起起落落。

夯歌调子固定，歌词全是原创，新鲜活泼，漫无边际，全靠那一位领夯者即兴发挥。杜甫、白居易领夯不会出效果。

从那边过来一个人儿哟——夯哟！
长得真好看哟——夯哟！
谁要不使劲儿哟——夯哟！
谁就是王八蛋哟——夯哟！

歇晌时，领歌的夯头一边用草帽扇汗，一边端碗喝水，见我观看一上午，说我不好好上课来“乱踏垡”。要不，也给你这小屁孩儿一个绳头吧？

现在黄河大堤复堤不再用大量民工劳动，而是靠机械化吸泥船浇灌。这是一项利益颇丰工程，有朋友在河对岸置几条吸泥船，因压不过当地“泥霸”，只好赔本转船了。

多年后，我把两个石硪搬回家当花座。四面石眼。用手掏一下石眼里残存的黄河泥，忽然，掏出来旧日夯歌，那天阳光下的夯歌，“谁要不使劲儿哟——夯哟！”

6　关于“土牛”

上小学前，每到盛夏傍晚，喝罢汤，父亲手执一把旧芭蕉扇，领着我在大堤上散步。那时还不叫“散步”，都通称为“凉快"。大堤上下草木茂盛，蚊虫上下飞舞纵横。父亲带我"凉快"时，不时用那把破扇拍打我身边歌唱的蚊子。看到堤沿儿两边出现一方方工整的土堆，父亲对我说叫"土牛"。

这些分布在大堤上的土堆，以备抢险时用，远看形似卧牛，俗称"土牛"。名字听起来庞大，却不会抵人。每年黄河水灾来临，为了抢险截流，它的命运只能"泥牛入海"。

为何叫"土牛"不叫"土象"？多年后知道，黄河上的镇兽必须用牛，铜牛、铁牛或石牛，取"土牛"更深的意义是：牛可祭奠河神，保佑平安。一匹"土牛"同时上升到形而上的牛了。

在小镇语系里，脾气莽撞，不赶时髦，自绝于潮流的人，也被称为"土牛"。

老马是在大堤上凉快人群里的一位，大家都喊他"土牛"。以至后来老师讲成语"风马牛不相及"时，我往往会"相及"到老马。

7　避水台

人往高处走，水往低处流。堤东人家积累了历年水灾经验，在盖房前，各家各户尽量垫高宅基地，三米，五米，七米，只要肯出力拉土，更高的也有。再高就是皇帝坐的龙亭了。土台子用于水来时应急避难，俗称"避水台"。简单明了。

过黄河大堤，村里家家都有一块自己的避水台。如把这称为"一景"，也只有在黄河滩区能见到。外地人第一次进村觉得奇怪，院子高于街道，从街道进院子，得走一段上坡路。

即使有了这些防备措施，一家一户的孤台在浩瀚黄水里，依然挡不住滚滚洪流的冲击，房子还是每年被淹塌。河滩人做梦都想着如何走出黄河滩，连姑娘出嫁都嫁到堤外面。年轻人有三条出路：考学，当兵，外出做生意。

老马家在河沿儿马寨村，他站在刚打好的避水台上，夯土的鲜气弥漫。老马对我说过一句话，"都是黄河水摈的"。在北中原话里，"摈的"就是"逼的"。

1982年，我刚上班第二年，黄河闹水灾，营业所小院也灌满了水。我去联系所主任，蹚着水从村里路过，避水台上面聚集着人，像密密麻麻的宿鸟。上面除了人，还有牛、马、驴、骡、猪、羊。它们也是家庭里的一员。

在避水台上，我看到一个孩子一手摸着一条狗，一手摸着一只猫，六只眼睛一齐看我。开始以为关注我，后来才知，是看我身后游动的几条黄河鲤鱼。

8　鲤鱼拐

厨乡老厨师习惯把黄河鲤鱼称"鲤鱼拐"。为了解鱼类，我专门寻找辉县李思忠先生的《黄河鱼类志》，最早属资料印刷，2017年才由中国海洋大学出版社出版。我姑说，李思忠和台湾作家柏杨还是私立百泉中学同学。世上一辈子只专注于一件事的人都令我敬佩，有定力定心。譬如我还敬佩动物界的刺猬。

后来淘到伍献文先生编的《中国鲤科鱼类志》上下两卷，1964 年出版，扉页钤一枚"张耀明印"。张耀明是这本书的第一位持有者。那年我才在黄河大堤下的小镇出生，书中鲤鱼游了半世纪才游到我家，案头满纸泼刺声。河南文艺出版社要约一本书，我起名叫《鲤鱼拐弯儿》。

我写过"鲤鱼焙面"。如今真正的黄河鲤鱼纷纷远离人类，它们游动在历史里。它们鳞片金黄，背部稍暗，腹部色淡而较白，臀鳍、尾柄、尾鳍下叶呈橙红色。鲤鱼会歌唱。

钓鱼诗人北莽兄对我说过，钓鱼有点像吸鸦片，沾竿会上瘾。关键是他只钓不吃，送人或放生。我从小不喜欢钓鱼，主要没耐心，也不下网捕鱼。我喜欢找到一方水，和大家把水蹚浑，成语是"浑水摸鱼"。满池金色鲤鱼拐因为缺氧，露出片片青头，呼吸艰难，伸手可得。

一位现代占卜师兼茶艺师张大师，免费为我测算：从蹚水摸鱼习惯判断，你肯定属双子星座，对世上的事并不像自己说的那样执着专心，只是喜欢一下而过。

我马上反驳：挺专心！我一直喜欢真正的黄河鲤鱼。

如今再也见不到野生鲤鱼拐。它们只在梦里露出青色头顶，如雾中青石，游到天上，被云朵藏起来。像李商隐诗"水仙欲上鲤鱼去，一夜芙蓉红泪多"。这诗句眩晕得不知该如何注释，被人干脆当成自己作品了。抄袭一条鲤鱼。

9　河流简史

恐怕只有开封人开口称我为"河北嘞",大河之北。八朝古都,古语啊!

黄河是我今生来到世上见到的第一条大河。"河"字唯它专用。生命,新生,希望,爱情,苦难,长征,死亡……世上所有大词它都具备,能概括或象征。不到黄河心不死。只有面对黄河,我才理屈词穷。

最早见到黄河那副苍老的面庞是在童年。

父亲为了节省煤钱,拉一辆架子车到黄河边马寨码头拉煤,在河边饭馆吃了一碗捞面,有鸡蛋卤,又喝了汤。来时父亲给我一条绳头在车前拉着。路上,见到遥远河滩的上空,垂挂下一线龙卷风。我青年时参加金融工作,分配在黄河边一个营业所,院里扣着一条木船,以备水灾来临先让账表逃亡。中年时调到郑州谋生,斯城又临黄河。我的宿命是在两岸奔波,入河是鲤鱼,上岸是黄鼬。

也许命中近水。中国河流我到过济水、伊河、洛河、长江、漓江、伊犁河、嫩江、蛟河、黑龙江、呼兰河、漠河、松花江、鸭绿江、图们江、拉萨河、尼洋河、嘉陵江、湘江、淮河、丹江、白河、湍河、卫河、淇河、金堤河、晋江、洛江、渭河、延河、汾水、淡水河、浊水溪、玛纳斯河,等等河流。像蜘蛛结网。从河短三尺到河长无涯。每一条河流都是一段过程,成为毛细血管密布在我的身体里。

世界上所有的河流里,我和一条河纠缠最多。这是一条真实的黄河、一条虚构的黄河。从河之北到河之南,从河之阳到河之阴,生命也像一丛芦根,反复打捞搓揉。

黄河是诗人的原浆和酒头。痖弦先生在 1996 年曾给杨平、田原和我三人合集《三地交响》写序，最后一句是"我希望有一天，他们三位小兄弟和我，最好再加上周梦蝶，带着我们的新作，一起去朝拜黄河"。多么美好而又实现不了的一个黄河梦。

1999 年 9 月，日本著名诗人谷川俊太郎来郑州，和中原诗人聚会，大家一块儿到花园口看黄河。九月时节大河脾气已小，黄河汛期是"七下八上"，谷川先生通过田原翻译，说，他被黄河震慑住了，全日本没有这么大的河流，日本只有川，都很短小。

我有时想，黄河不一定是一条河，它是一个人一个伟人一个巨人或一群人一群恒河沙数国度的人。我只是它微不足道的分支或转眼即逝的泡沫。

2021 年 7 月郑州涝疫困城期，人们如一城受惊的兔子。老潘从城外送我德国作家路德维希写的一部河流史，有两种中文翻译版本，一种叫《尼罗河传》，另一种叫《青白尼罗河》。两部相同的书，我对比着看，青白之间。知道这不是属于自己的河。

想起多年前的黄昏，是上世纪，在大河边的沙滩上，夕阳西下。小杰鼓动我写一本《黄河传》。我说自己不配，也不敢，会把自己先淹死。

故乡的方向。壬寅初记。
风的方向即归乡方向。冯杰。

老苏真能，你咋知道我先知道的。
壬寅初春，冯杰。

二十四条乡村指南

知道黄河之水不是天上来，是从鲤鱼须里来。

必须认识十种以上本土树木名字，且能分辨出它们是桑、榆、楝、槐、杨、杏、构（就是楮）。

向地下一只匆忙走过讨生计的小虫子表示敬意。向天上飞翔的蒲公英表示敬意。

吃过野菜，吃过蝉，吃过柳絮，吃过杨叶，吃过蚂蚱。

五岁以前知道五种草名。（一年认识一种并不代表笨。）

在青砖墙上画过白色老虎，画过梦。

张贴过门神和灶王爷，关心着邻家女孩子头巾的颜色。

大雪天听到过马嚼夜草的声音。

撵着乡村公路上一辆吉普车闻汽油的味道。空山不见人，也不见司机。

即使没有看过《诗经》，也必须看过《七侠五义》或一卷没头没尾的残书，多年后才知道它的名字。

带领过一条饥饿的草狗，走过亲戚，撵过兔子，以及无目的地在田野瞎转。

数过屋顶上比扣子大的星星，直到和大露珠混淆，直到瞌睡为止。

知道哪一条乡村小路可通向四十里以外县城，距离最近。三角形两边之和大于第三边。

必须和斑鸠一样有自己的方向感。有鹁鸪的小小磁场。像教堂的主。

知道乡村暗喻、隐喻。认识标志。譬如墙上放一把夜壶的地方就是厕所，而不放夜壶的地方也可以当厕所。

曾经见过乡村里最后一个地主。感觉他并不金玉满堂，也不锦衣夜行，而是布衣。像一片谦卑的瓦。

有过捡拾田野里陶片的经历。天哪，有一片竟还有手纹。如时间的旋涡。

田园将芜，它的内涵有无序、落后、宁静和贫穷，还有一部分无奈的知足。

院子空空荡荡，像一张没有写字的白纸。在上面写下小学的钟声。

知道乡村常识。点燃干麦秸烙饼比较均匀，是软火。木柴是硬火。烧白色的麻秆炸出来的油馍最黄最暄。猪脸上的鬃毛喜欢松香。

每次远行归来，第一个见到的总是站在村口等待的姥姥。

有一天，村长在村口叼着烟指挥，开骂。全村要架电线杆，那些彩色线头像蜈蚣的百足爬来。

三十岁前必须离开乡村，否则，可能一辈子就离不开了。再离已晚，就像你娶了一个乡村少女，会白头偕老。

乡村是减法，城市是加法或乘法。生命用除法。最后归于零。

負鲤者。
古代负鲤者在行走。庚子初，中原冯杰。

心渡

"谁谓河广？一苇杭之。"

《诗经》早就预测到且做了新闻发布。

于是，江河浩荡，达摩开始。

达摩说，我渡江不靠航母，不靠巨大的核发动机，不靠航空母舰。江在，我是心渡。

达摩，你一生渡过黄河吗？

我没有渡，我就是渡过了。

我看到鲤鱼在那里拐弯儿。

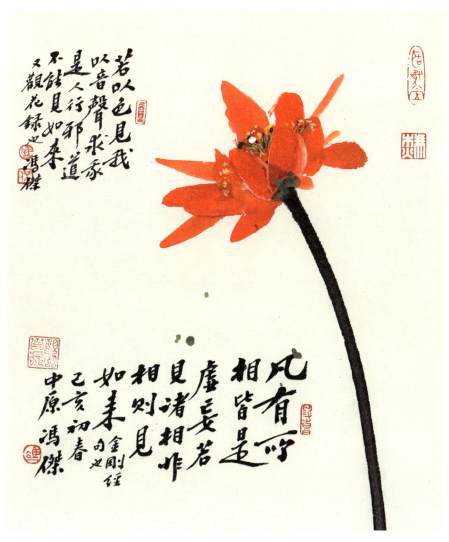

凡所有相，皆是虚妄。若见诸相非相，则见如来。金刚经句也。己亥初春，中原冯杰。
若以色见我，以音声求我，是人行邪道，不能见如来。又观花录也。冯杰。

先生說　是漢畫　煌前的敦　煌那麼　這是前　鯉魚也　辛丑秋　馮傑記　敦

汉画像里的鲤鱼。

冯其庸先生说，汉画是敦煌前的敦煌。那么这是"前鲤鱼"也。

辛丑秋，冯杰记。

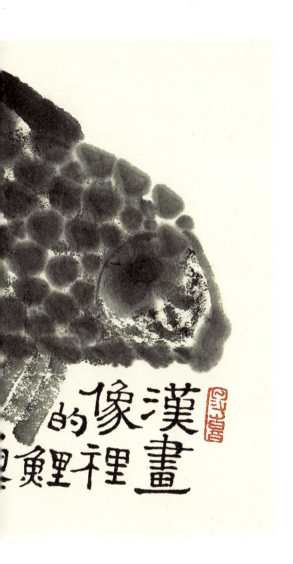

像漢畫
的鯉魚裡

图书在版编目（CIP）数据

鲤鱼拐弯儿/冯杰 著. —郑州:河南文艺出版社,2022.9
ISBN 978-7-5559-1279-8

Ⅰ.①鲤… Ⅱ.①冯… Ⅲ.①散文集-中国-当代
Ⅳ.①I267

中国版本图书馆 CIP 数据核字（2022）第 131661 号

选题策划	陈　静		
责任编辑	陈　静　张恩丽		
书籍设计	书籍/设计/工坊 刘远来工作室		
责任校对	梁　晓		
责任印制	陈少强		

出版发行	河南文艺出版社	印　张	15.5
社　　址	郑州市郑东新区祥盛街 27 号 C 座 5 楼	字　数	182 000
承印单位	河南瑞之光印刷股份有限公司	版　次	2022 年 9 月第 1 版
经销单位	新华书店	印　次	2022 年 9 月第 1 次印刷
纸张规格	700 毫米× 1000 毫米　1/16	定　价	86.00 元

印厂地址　河南省武陟县产业集聚区东区（詹店镇）泰安路
邮政编码　454950　　电话　0371-63956290